读者时代

唐诺 著

云南人民出版社

图书在版编目（CIP）数据

读者时代/唐诺著. --昆明：云南人民出版社，2025.10. --ISBN 978-7-222-23137-5

I .I106

中国国家版本馆CIP数据核字第2024UL9860号

著作权合同登记图字：23-2024-080 号

责任编辑：柴　锐
特约编辑：杨　爽　徐竞鹿
装帧设计：陆智昌
内文制作：马志方
责任校对：柳云龙
责任印制：代隆参

读者时代

唐诺 著

出　版　云南人民出版社
发　行　云南人民出版社
社　址　昆明市环城西路609号
邮　编　650034
网　址　www.ynpph.com.cn
E-mail　ynrms@sina.com
开　本　880mm × 1230mm　1/32
印　张　8.625
字　数　177千
版　次　2025年10月第1版第1次印刷
印　刷　山东京沪印刷科技有限公司
书　号　ISBN 978-7-222-23137-5
定　价　69.00元

新版自序

Starry Starry Night，星光流转的夜[*]。这么翻译，当然是看着梵高的画，名画《星夜》，以及其他，每一颗都流动着涡状的群青和钴蓝色星芒，所以巨大、逼近、不安甚或不祥，但美丽极了。每一颗都活着也似的。画家瓷蓝眼睛看到的和我们这么不一样吗？当时，梵高已住进了普罗旺斯当地的精神病院（梵高自愿的），这应该是他那里抬头看着的不寐夜空。但我也试着这么想，这是加进了时间的星辰模样对吧。时间在子夜流逝，时间在珍视的事物远离我们时流逝，时间在星辰之间流逝，每一颗星原来所在及其亮光已熄灭了，但站得够久的画家记得它，记住了它，或者说，此一光晖连续地进入了、留

* 《读者时代》繁体新版更名为《星光流转的夜：我的读者之书 1》，本文为新版序言——如无特殊说明，本书所有注释均为编者注。

在了他眼睛里。

我笨拙地借用为新的书名——两本昔日之书，《读者时代》和《在咖啡馆遇见 14 个作家》[*]。这是我做最久的工作，也还持续，为著书和其书写者而写，而了不起的书和了不起的书写者还有这么多没写，也许这个工作是做不完的。

每天仍然，早晨书写、夜里读书，二十五年后的今天，就仅仅是愈来愈常在阅读途中睡去。我的老友、也是我每星期固定的谈话者苏拾平说服我重新出版这两本书。有点假公济私，我比较怀想的其实是这些夜晚，我早已超过一千零一个的一千零一夜，说起来，日后会更怀念的是谁呢？是讲故事所以活下来的山鲁佐德？还是听故事生出不舍之心的波斯国王？

在台北，从十四岁住到现在，我好像也“戒掉”了抬头看星空的童年习惯，在高楼、光害、空气质量、流水生活惯性中一颗颗熄去的星空。我也玩笑地想起来博尔赫斯所说耶稣的怀念，回到天家，想当然不再一抬头就看全天也许曾让少年的他心悸的星辰，干燥的空气，无遮如圆顶的最完整天空，以及人们曾经几乎无其他事可做的夜之时光，所以历法、天文学乃至于魔法也似的占星术最早在此开启。

耶稣的怀想，是不是也包含这个——这样的星图，是人看到的，并不是神能看到的，天文物理学的常识，只有站在我们人的这个位置，星光流转，它才是这模样。这么想，占星之术好

* 简体版书名为《重读：在咖啡馆遇见 14 个作家》。

像也可以原宥了不是吗？它的依据不真的是星球，而是只属于人的星图，以及只有人才会关怀的那几颗行星，偌大宇宙，这一亲切的联系确确实实是人独有的。

如今，只偶尔抬头看一眼夏三角、冬三角这几颗仅见大星，尤其冬三角的猎户星座和它一旁的天狼星，这仍是全天最辉煌的，这也是时间或说季节，提醒人秋天来了。

2025 年 8 月

序　书是一本一本读的

《读者时代》，谢谢张大春，这一书名是他帮忙取的，前面一半的“读者”二字我认，后面一半的“时代”二字却从来不是我们这样的人所能左右的，尽管多年以来我们不懈地召唤它，总想让它变得更好、更公义也更丰饶——这里，我抄一段卡尔维诺的话，或更正确地说，他的《如果在冬夜，一个旅人》中那位理智又美丽的鲁德米拉讲的话：“有一条界线是这样的：线的一边是制造书的人，另一边则是阅读者。我想待在阅读者当中，因此总小心翼翼地留在界线的这一边，不能的话，阅读的纯粹乐趣会消失，或至少会变成其他东西，那不是我想要的。这界线是暂时的，而且逐渐有被抹拭掉的趋向，专业处理书籍的人的世界是愈来愈拥挤了，并有和读者的世界合而为一的趋向。当然，读者人数也在日益增多，但用书籍来生产书籍的人数似乎要比纯粹爱看书的人增长得快。我知道，我即使是偶然一次，例外地越过界限，也有危险，会被卷进这股愈来愈升高的浪潮；因此，我拒绝踏入出版社，即使只是一会儿工夫而已。”

卡尔维诺、大春和我，都是长期跨越着此一界限的人，我们不怕被指为矛盾地写下或认同这段话，不恰好说明我们其实更珍视更享受读者这边的身份不是吗？贼咬一口，入木三分，不更加证明我们期盼一种纯粹读者时代的来临此一心志多么干净明白不是吗？

在京都东山的神社之乡中，如果你由知恩院宏大壮丽的三门前神宫道朝北方走，也许你就是去参拜仿宋的、白墙绿瓦还髹着朱漆因此在阳光下簇新得让人睁不开眼睛、在雨天也宛若独自个是晴天的平安神宫；也许你是四月樱花季寻访始于南禅寺终于银阁寺的赏樱名所“哲学の道”，不管在下一个分歧二路你打算走人多人稀之径，你都会先穿进一小截绿荫隧道，一岸是家不便宜的老料亭叫楠庄，奇怪它前院一株树龄八百年的笔直大树却是椋树，真正的楠木在路的另一岸，那是可进去可不进去（因为门票料金要五百日元）的中型山寺青莲院，寺名石碑是我们一位日本老朋友的石刻石版画家山田光照豪气凿成的，但每一回真正让我们驻足不前的却是院前参道右侧的两株巨大老楠，它们没对面孤零零的椋树兄弟老，要年轻个两百岁整整，但它们的姿态漂亮，树冠尽情打开来如盖如伞，哪个季节去都是不凋的润绿欲滴，我总奢望能在树下等到一场雪，这一心事泄露了我的从来之处，我们是来自一个无雪小岛的游客。

楠木，就是我们说的樟树，岛上常见。

更老更大的树不会没遇见过，但少有青莲院的老楠们（究竟是兄弟？抑或伉俪？）长这么好的，不在深山狞恶之地，也没被保护在水泥建物和铁栅栏隙缝间如插着氧气和维生系统的奄奄一息老病患，它们幸运活在繁华大城市之中，却杳远如得神垂眷祐持，自由，却可不寂寞。

这本书，是近三四年来我为一本一本了不起的书（包括电影）及其背后一个一个了不起的书写者所认真阅读、认真思索并认真写成的文字（认真，是你唯一能回报这些书、这些人的方式）。它们自我设定的位置是进入，而不是褒贬点评；它们寻求的是可能性，以替代只此一种的答案，因此，这是一本阅读者的书，而不是一本评论者的书，它们给自己最艰难的工作正是，如何在广漠如冰原的世界中召唤同类，让这每一本书都找到读它的人。

安贝托·艾柯的精彩文论《悠游小说林》，书名原来直通通的意思是“小说森林里的六次散步”，这里，艾柯像佛经里那样身具神通之力的得道者般，通过书写的时间空间召唤魔术，把生存在不同国度不同时代的众多巨大小说挪移过来，建构出一处可漫步其中的神木群动人森林，这是小说博学者的偕伴同行，说故事的人得对每一株大树了若指掌，听说话的人也得是聪明做好功课的人，因此散步为名状似写意，但散步之人的资格审核却严酷，狗和不读百部以上小说的人不得进入。

那些只能在森林之外徘徊张望的众多之人怎么办？那些召唤大树不来的人怎么办？——这里，仍是备好等着的无趣答案：你召唤树不来，那你就走向它。

相对于艾柯奇特的横向移植，如果可以，我个人很乐于为本书的这组文字画上一道纵的时间之轴，不是概念的、寓意的时间，而是真实的时间，让它还原成一次旅程，一次已被实现因此再无法逆转的旅程，这正是这组书被一个人阅读的本来面目。所谓的真实，是我个人的确花费在这一部部书、一部部电影的阅读耗用时光，正因为是真实的，所以很难真正计算出准确的数字。像契诃夫，那是高中阶段从新潮文库开始的，忽焉已近卅年，因而它总挟带着彼时犹繁华如书籍之海的重庆南路老书街的图像，还有高中卡其服的动辄心悸感觉，而契诃夫阅读的首次完成，得零零碎碎等到一九九〇年代我在北京三联书店购回的十六册全集，因此还叠映着京城的陌生气息。像莫尔的《乌托邦》，我如今手中的版本仍是早年中华书局的，书中还留有当时红笔的圈点划线，很多还划在莫名其妙不值得大惊小怪的地方令人脸红（幸好没有眉批），也不知道那会儿脑子都想些什么程度如此之差。梅特林克的《青鸟》甚至更早，只是那初识的版本形式是全一册破破烂烂的漫画书，只画到第一幕完小鬼俩一觉醒来青鸟变成黑鸟为止。至今我仍记得离我家几步之遥那家漫画租借小店里的小板凳和湿黯的光线气味，还有书中令人不敢置信的结尾，怎么可以还没抓到真正的青鸟就不画下去了呢？那时，我努力回想，大概是小学四年级一九六七年夏天，我父亲就在那一年第四次竞选县议员首度失利，后来我才知道他的建筑事业也大致垮在这一年，又苦苦拖了四年之久遂不得不卖掉房子逃难似的出奔到台北县三重来，我们果然是需要青鸟让我们幸福的一家人。至于像侯孝贤的四部电影，日期很清楚，都是在他电影拍成后第一时间看的，当时他的头发比较黑、脸也比较圆，而且还不是世界级的大导演，初次在南特影展拿奖倒像手拿改良品种成功瓜果被褒扬的农夫，当时他的电影也还没被迫得走进大城市之中。

凡此种种。

画上了真实的时间纵轴，这阅读于是就让不同的世界撞在一起、纠缠在一起了——书写者的世界，还有阅读者复数的、每一次不同时间又打开书来看的各个不同世界。我个人极不喜欢那种“六经皆我注脚”“看别人的书想自己的心事”的读书方式，这不仅自大、不仅懒，而且很笨，你取消了其中一边的世界，失去了不只是数量上的一半而已，而是少掉了不同世界撞击的火花，少掉了不同世界同时拉扯你所扯开的广阔思维空间，你失去的几乎是全部。

你召唤树不来，只能由你走向它，这种阅读方式当然比较辛苦劳顿，但不会徒劳，你会得到补偿。

艾柯式的神奇挪移，再怎样都很难召唤来完整的实体，只能是概念，小说的完整实体、书的完整实体只留在它生根存活的原来土壤里，那是挪不动的。

我们的感受是连续的、完整的，但我们的思维和叙述却只能是条理的、语言的，这是我们从感受走向思维和书写最陷入烦恼之处，我们遂不得不让那些最参差、最微妙的部分存放于明晰的语言外头，只能借由语言不能完全操控的隐喻来松垮垮地勉强系住它们，这是绝对再经不住又一次概念性提炼而不断线逸失的；还有，完整的感受包含着事物无限可能性的潜能，但化为书写时，书写者必须勇敢而痛苦地做出抉择，书写者通常只能实现其中一种，而让其他的无限可能隐没于语言之下如海平面下十分之九的冰山，一个好的书写者能真正计较的，只是如何能不要写一物只是一物，让语言既明晰表述，又焕发暧昧的光晕，既如老树盘根，又似日影飞去。

最近听小说家张大春讲食物烹煮之道，大春说，味道的“讲究”那最精妙的部分总无法用传统来承传移交，而是一代代厨师在“失传”的情况下重新来过。也就是说，这部分是无法教的，无法通过某种概念整理的“方法”来快速移转，它只能在实践之中重新被掌握。

这说的都是同样的话，但情况其实没张大春的语言表述所显示的那么悲观——这个讲究的、失传的部分还是在的，尽管掉落在语言的缝隙之中，但它仍存放于已完成的创作物实体之中，它没被说出来，但它仍是可感知的，这就是列维－斯特劳斯用克洛埃特一幅仕女肖像画所启示我们的，一件人的创造物，既是完整自足的艺术品，同时它又是“总体图像”的一个“小模型”，在站到这一创造物实体观看之前，我们仿佛对此一无所知，但这只实现一种可能的艺术品“强迫”我们成为一个参与者，把其他未被实现的无限多种可能性也召唤回来。

这就是实体的力量，直接阅读实体、摸触实体，从来不是概念性的谈论所可替代的，因此，好看的树不仅禁得住一棵一棵细看，而且就是要一次一棵地分别来看，好的书也要一本一本地分别来读，礼闻来学，不闻往教，这不是倨傲摆架子，而是不得已，很多东西无法搬运，只有留给那些辛苦跋涉到现场来的人。

如此，阅读便呈现了不连续的特质，这原来就是必要的，而且自然，符合我们的基本阅读行为，也符合我们多重的、多途径的认识复杂世界方式，即便我们并未意识到，我们其实都一直如此进行。

每一回重新抵达现场、重新触碰不同世界所生长的不同实体，我们心中带着自己家乡世界的心事和疑惑，但此一异乡的实体并不因你而生，独立于你存在，不会准确针对你携来的疑问一五一十作答，事实上，它往往在偶然解开你一部分疑问的同时，也丢给你更多费解的难题，甚至在你习以为常不觉有异之处重新挖开问题。两个世界如此激烈撞击却又擦身而过，打断了你生命连续性的局限，把你从天真的唯我论窄窄世界里逼出来，你发现自己被每一本书抛掷到每一个陌生之地，不同的人，不同的计较和烦恼，没听过的语言，记忆里未曾出现的眼前景观，乃至于连看事情的视角都陌生没想到过，这样的危险要你整个人瞬间警戒起来，得动员起全身所有的感官，好应付随时会扑面袭来的，呃，你甚至还不知道袭来的会是什么。

这样震颤的经验其实就是所谓的“启蒙”，把你从昏昏欲睡的老世界赶出来，始见沧海之阔轮船之奇，你看到的不是答案，答案是结束；你看到的其实是可能性，甚至是可能性尚未浮出来，但你隐约察觉这里头不晓得可装载多少新东西的看不到边界世界，所以它是开始——启蒙不见得一生只来一次，也不必然在青春蒙昧的时光，对一本一本书读的人而言，它会三番两次地造访你，风雨故人来。

既然如此，我们这回就把话说到这儿，让事情开始，让阅读开始，而且是一本书一本书地每一次重新开始。

目录

一根盐柱和一个达尔文故事

读冯内古特《加拉巴哥群岛》

应该可以这样子讲，冯内古特实在是个绝顶聪明的人，但太聪明了，聪明到比我们这些寻常人等容易察觉虚假、察觉不义、察觉危险的无所不在和步步逼近，聪明让他的人生变得多疑而且不快乐是吧。

就像这本《加拉巴哥群岛》（*Galapagos*）里常见的无中生有假设：“如果当时不……那以后可能变成……”有时我想，如果这么一个聪明爱说笑话的人，没躲在地下室亲历了二次大战那场德累斯顿大轰炸，如果他晚一点出生，活在一个没战争没动乱比方说战后欧美那个天真无邪昂首奋进的年代，屠杀饥饿掠夺只在遥远的地方和报纸上小小一角偷偷进行，那他耿耿于怀的“越战”会不会有不大一样乃至于愉悦点的图像？还有，暧昧不明且惩罚并不立刻到来的机器文明和地球生态破坏，也会不会有不大一样乃至于愉悦点的图像？

我无意蛮横地宣称，生命中某一个时点的某一场特殊的遭遇，会噬菌体一般迅速占领人的全部身体，让人一辈子其他时间的学习和经验统统不算数，仿佛终身只为这件事而徘徊活着。然而，毕竟死亡大事，曾经在你头皮上只一两公尺处悍厉走过，这总会有些不同吧，就像《五号屠场》首章的结尾，冯内古特引了天降硫黄与大火毁灭所多玛和蛾摩拉的《旧约》故事，他说："当然，罗德的妻子奉命不得回头看那些恶人及其家属居住过的地方，但她还是忍不住回头看了，我就喜欢她这样，因为这多么富于人性。/ 于是，她便变成了一根盐柱。/ 人们不该回头看，我当然也不会这么做。/ 我这本有关战争的书现已脱稿，下一本我要写的将是开玩笑的书。/ 这一本没有写好，一定不会好，因为写的人是一根盐柱。"

阿谷斯雉鸡的大翅膀

然而，我们读冯内古特几近等身的其他小说，包括眼前这本《加拉巴哥群岛》，很容易发现他其实是个食言而肥的家伙——他仍如罗德之妻屡屡回头，没办法。

基本上，《加拉巴哥群岛》是一部达尔文演化论的二十世纪新小说版：故事进行的时间长达一百万年（演化需要的时间），故事发生的地点是一八三五年达尔文搭乘"比戈号"（一般意译为"小猎犬号"）曾探险过且有决定性启示的海龟群岛（西班牙文加拉巴哥，即大龟之意），而最后扮演"挪亚方舟二号"，载着一个担心流星雨会毁灭地球的笨男性船长，一个垂死的男性骗子，一个教生物学打算自杀的寡妇，一个有池坊流插花教师身份的日籍忧郁孕妇，一个瞎眼的富家女，以及六个扮演二代夏娃的坎卡波那土著少女的那艘游艇，正叫“达尔文湾号”。

讲到二十世纪的新达尔文，我想起一个了不起的动物行为学者康拉德·洛伦兹和他一本了不起的著作《攻击与人性》（*Das Sogenannte Böse*），书中，他提到阿谷斯雉鸡（Argus）误入进化歧途的例子：我们知道，在生物界选择配偶这件事，决定性的一句话是由雌性说的，因此，雄性必须使出浑身解数比方说携带礼物，热情或优雅地舞蹈，以及最常见的，夸示自己多么强壮（雌性有选择强壮配偶的本能，以利于种族繁衍），才能击败众多竞逐者达到配种的目的。阿谷斯雉鸡的雄性夸示强壮的方法是，不节制地发展它们美丽巨大的翼羽，事情的结果是，它们的翅膀变得太大太重，几乎飞不起来，或许赢得了老婆，代价却是变得不十分适应环境且有害于生存，但怎么办呢？洛伦兹说：“这些鸟从来不知道达成合理妥协，而决定立刻停止这种无聊的事。”

因此，演化是会走入死胡同的，灭种是非常可能的收尾——在这里，洛伦兹毫不留情地引述他的老师奥斯卡·海因洛斯的玩笑话：“比雉鸡的翅膀稍微好些，西方文明人极具刺激性的生活方式是最愚蠢的同类竞争产品。”

当然，洛伦兹从动物行为总忍不住想到人类——包括他从鸟类观察提出的“铭印（imprinting）”拿来解释包括人类青少年行为，乃至于人类煽动家之所以能吸引大量追随者云云——这曾让洛伦兹遭到很大的责难和嘲讽，说他妄想从几只鸟和动物所看到的情形，就要立刻应用于全世界。其中，尤其是行为学派的学者，他们根本不相信人类有什么内在的行为模式，有什么生物性的本能，“人类的行为每一种都从环境学习而来的”。

究竟，人类是如伊甸园中吃了分别善恶树的果子已永远脱离靠本能过活的生物世界？还是和三叶虫、鹦鹉螺，或巨型恐龙没太大两样的另一种生物？这我们再说了，这里，我们关心的是，冯内古特，或者说《加拉巴哥群岛》是怎么想的？

没有凶手的罪案

大体上，我相信冯内古特比较站在洛伦兹那边。

在《五号屠场》的二十五周年纪念版序言中，冯内古特如盐柱一根再次回想那场大轰炸：“我怎么能无动于衷呢？因为杀人的是炸弹，而我有若干正直、高尚、勇敢的朋友却是飞行员或投弹手。空袭德累斯顿的行动人员并不需要义愤、仇恨或怒气，他们做的和汽车装配厂的工作并没有两样。”

凶手在哪里呢？

在《加拉巴哥群岛》书中，冯内古特提出的答案是“巨脑（Big Brains）”，以身体的比例来说，是生物演化史上最庞然大物的人类大脑，不是特定你的或我的，而是整体的、人类共有的大脑子。

冯内古特以为，人类种种的乃至于引起灭绝的愚行，都是这个巨脑凭空想出、计划、指挥号令出来的。这里，人类曾引以为傲，没有尖爪利齿，没有坚硬甲壳，不能飞不能游也跑不快，却能“管理海里的鱼，空中的鸟，和地上各样行动的活物”所凭借的脑子，有了断然不同的意义，它变得多么像洛伦兹所说阿谷斯雉鸡的华丽大翅膀，它曾经让拥有者在传种竞争上赢得胜利，却一步一步走向集体灭绝，更糟的是——从来不知道达成合理妥协，而决定立刻停止这种无聊的事。

尤有甚者，冯内古特狠狠地用一百万年时间来处理这部小说，效果是：就像侯孝贤太远的电影镜头，我们完全看不到人脸上的喜怒哀乐种种表情，只剩下平静、没什么情绪的动作一般，人之异于禽兽者几希的那一点点“几希”，当场被抹平了，人自以为超越其他动物的神圣气味也全消失了，于是，在《加拉巴哥群岛》小说中，人和“迟缓、温驯、巨大以及数量颇为惊人”、能供应水手长期新鲜肉食的大龟，老实说，并没有什么不同。

鹊桥俯视，人世微波。

如果我们愿意更冯内古特一些，试着用比一百万年更长的时间来想，在演化史上，其实很容易找到一堆更煞风景的实例。比方说，就算从女阿法南猿“露西”活着那时算起，人类“统治”地球的时间不过三百万年，然而，在此之前的恐龙、鹦鹉螺、三叶虫乃至于蓝绿藻，每一样称霸的时间无不以千万、亿年计；又比方说，我们所担心马上会来临的“大灭绝”，在长达四十亿年的地球生命史上，据统计，大约每隔两千六百万年就来一次。白垩纪恐龙死光那一次还不是最严重的，二叠纪—三叠纪那一次，还整整绝种了地球上约 90% 的海洋生物和 70% 的陆地脊椎动物物种。

如果我们退一步以为，至少其他的大灭绝或因陨石或因地壳变动或因气候等外来原因，不像人类是自己主动污染环境主动杀个你死我活主动搞出灭绝，老实说，这显然也太高估了人类“作恶”的独特本事。

二十亿年前的氧气污染便是前例之一。

原来，地球的大气是由氨、氢、水蒸气和甲烷混成，然而，由于一种紫色和绿色的微生物大量繁殖，耗尽了大气中的氢，这些不知餍足的小东西转而分解水来得到养分，问题是每吸收两个氢便得把一个氧的“废料”排放在大气中，而对习惯生活于无氧原始大气的当时地球生物而言，我们今天不可须臾或缺的氧是致命的“毒气”（直至今天，在医学上纯氧仍有杀菌的功能），于是，一场浩劫发生了，微生物或者无言死去，或者机敏躲到氧气没法到达的地方如黑暗地底委曲求活，即我们今天所说的厌氧性细菌；也有成功地改变自己、吸收氧气行光合作用的微生物如蓝绿藻。

今天，关心环保的人习惯一个口号：“我们只有一个地球。”动人是很动人，但其实很有问题，若依演化的历史经验，改成“我们只有一种适合人类生存的地球环境”可能准确些——当我们严重地改变了环境，我们有效消灭的只是自己，以及一些池鱼之殃的其他生物，然而，某一部分的生命应该会如当年的蓝绿藻继续活下去，并接管地球。

至于地球，它好好存在五十亿年了，坚硬牢靠得很。

好看而悲伤的小说

我猜想，这是冯内古特闷闷不乐的原因——既然，在《五号屠场》中投弹杀人的只是“汽车装配厂工人”，在《加拉巴哥群岛》中造成灭绝的甚至不是人只是“巨脑”，没有凶手，也就难以破案；没有特定的为恶者，也就失去了可以简单呐喊革命打倒的对象。

因此，冯内古特的小说，除了一股深沉的、哀伤的、末世的晦暗人文色泽在底层徘徊不去之外，我想，可能不大容易让现阶段的文学评论者乐于赞美（除非震慑于他的威名）。因为冯内古特实在太冷静、太世故、太复杂、太节制了，他不喊痛、不大声控诉谴责，比方说，在《五号屠场》里战俘列车那一场，冯内古特不仅不一头栽进去痛快描写一番，甚至还有心情说笑话，简直是无动于衷了。

更要紧的是，他的小说太好看了，而且，在美国卖得非常好——冯内古特自己曾荒谬地解嘲：“我想我是唯一自德累斯顿大轰炸获利的人……平均每死一人我就赚四块钱版税。”

聪明而且爱说笑话的冯内古特，总有办法找到夸张有趣且充满想象力的方式进行他的末世小说。在《五号屠场》中，大轰炸幸存回来报信的主人翁毕勒（自称）是一个被外星人抓走放回、从此能自由出入时间、因此死亡不过是“这个人在此一特定时刻正处于不良情况，但他在其他许多时刻中却活得好好的”的人；而《加拉巴哥群岛》的叙述者，则根本是个一百万年后的鬼魂，时间之于他是完全透明的，他知道且提前揭示了所有的结果，包括谁马上会死去（冯内古特甚至在每个准死人名字前预先打上记号）——当然，知道死亡马上来临、不同的死亡意义理解，并不代表你能阻止死亡本身。

对有切身创作经验的人而言，一下子就能感觉到这样的故事和这样的说故事方法，两者交织张起多大的空间、有多少东西在其间蠢蠢欲动；对不愿想得太痛苦的读者而言，至少小说很好看，阅读是个盎然的享乐过程。

《加拉巴哥群岛》小说一开始，先介绍将成为第二次伊甸园的海龟群岛，以及岛上栖息的原住民生物，包括壁虎、鬣蜥蜴、稻鼠、熔岩蜥蜴、蜘蛛、蚂蚁、甲虫、蚱蜢、小虱和扁虱，还有大龟。

冯内古特问：这些生物是搭乘什么交通工具来岛上的？漂流的木头碎片？“隔岛跃进”式的一段段短距泅游？上帝事先造好安置在那里？或者真是搭乘挪亚方舟两个两个登陆的？问题是，这组群岛距南美大陆一千公里，中间无任何跳板，而且是因火山爆发“后来”才浮现的。

您看，没骗人吧，故事打一开头就好玩极了。

各自努力的事后选民

故事直接的结尾是，跌跌撞撞的“达尔文湾号”载着这十一个半（广口妃子怀孕）奇奇怪怪的“选民”，迷航漂到海龟群岛的北端，幸运躲过浩劫并就地演化，成为 百万年后能如鱼类活于水中，靠摄食水草营生，而且（最要紧的）不再有巨脑的新人类。

比起《旧约》大洪水那次浩劫，“仁慈”的耶和华要诺亚细心存留每种生物各一公一母，这个新方舟简直邋遢随便得近乎开玩笑了——以色列的先知关心的是信仰，而冯内古特处理的却是灭绝和演化。

十九世纪如斯宾塞这样的达尔文主义者，粗暴地把达尔文“适者生存”的意义，解读为强者淘汰弱者是自然法则，开创了一页野蛮到极点的历史，时至今日，差不多我们都已清楚了，所谓的“适者”不仅不代表你比别人强大，而且简直难以事先定义，因为，不同的生物拥有不同的能力和装备，得看环境不同的变动结果才能知道谁抵挡得了，所以从白垩纪的大灭绝来看，巨大强壮的恐龙和小偷一样的哺乳类始祖，谁能预知哪个是强者或适者呢？——核射线、紫外线、气候酷热或酷寒、大气形形色色的污染等各自扑杀得了某一部分的生物。

因此，大建造者的淘汰选择究竟是有道理还是随机的？物种的成功留存究竟是理所当然还是幸运？问题很难这么问也很难回答得了，我们只知道，在演化的历史上，每一回的诺亚老爹都比圣经里那一个要粗心匆忙多了，他哪里有时间或能力去预留各种生物各一对，“各自努力，随缘好去”，无疑地，冯内古特的方舟二号远比一号要接近事实，要不，那十一个半人总要挑选得像样一点、有代表性一点。

矛盾的时间

时间，不管是过去未来之间来去自如或完全透明，在冯内古特小说中，一直处理得丰富有趣而且有深彻的意义。

世故、知道人类问题严重性的冯内古特，当然不会简单把时间当成没法可想后的救赎之道，就像典型时空科幻小说或电影的罐头把戏：修补时间缝隙、改变历史走向、错误灾难和愚行可重来一次而防止或躲开云云，甚至像《超人》电影中愚蠢地推动地球逆转，救活了他死去的女友。

冯内古特甚至嘲笑了写《时间简史》的史蒂芬·霍金一顿，因为霍金焦急人们不关心不记得未来，冯内古特认为未来有什么好费神的呢？人会老会死，事物轰轰然一路顺势向前，未来不必你叫自然会来找你，像只哈巴狗一样来到你脚边躺下打鼾，乖顺得很。

我无意因此简单猜想：“所以冯内古特认为值得关心的是过去和现在。”事实上，冯内古特的心情满复杂矛盾的，现实中，时间无法逆转，但未来却也不见得是完全不透明、猜不到结果的，很多灾难和愚行是像狗咬尾巴般的打转重复，很多对未来的警言也是可靠合逻辑的，但这似乎很难让人类大家一起“一、二、三”一齐停止犯错，像阿谷斯雉鸡停止发展它的大翅膀一般，在冯内古特的小说中，穿梭乃至清楚了时空的所有秘密，从来没能改变什么。

然而，冯内古特为什么写这些小说呢？而且违反白纸黑字的诺言一再回头、揭示、思索？他多少仍冀其万一希望人类重来一次是吧？——小说是他不得已中的角力形式。

在《五号屠场》中，有一场写到毕勒倒转着看电视机播放二次世界大战的轰炸影片，那是我个人看过玩逆转时间的作品中最感动的段落之一，忍不住再抄一次和大家一起回忆：

> 一批满载着伤患与尸体的美国飞机，正从英国某一机场倒退着起飞。在法国上空，几架德国战斗机倒退着飞过去迎战，从对方飞机上吸去了一排子弹和炮弹碎片。接着这批战斗机又对地面上残破的美国轰炸机采取同一方式，然后倒退着爬高，加入上面的机群。
>
> 这批飞机倒退地飞临一个正在燃烧中的德国城市。轰炸机打开了炸弹舱门，发出一种能够吸收炮火的神秘磁力，把吸来的炮火聚集在一种圆筒形的钢制收容器中，然后再把这些收容器收进了机舱，整齐地排在架子上。德国战斗机也装有一种神秘的设施，那就是一套长长的钢管，用来吸取敌机上的子弹。不过，美国轰炸机上仍然有几个受伤的人，而飞机本身却破损得不堪修理。

当美国轰炸机回到基地后，他们从架子上取下钢制的收容器，然后再运回美国。国内的工厂正在日夜加工，拆卸收容器，把其中具有危险性的成分取出，再变为矿物。

令人感动的是，做这种工作的大多是妇女。继而，这些矿物被运送到遥远地区的专家手中，专家们的任务是把这些矿物埋藏在地下，以免伤人。

接着，美国飞行员都缴回了他们的制服，变成了中学学生，而希特勒变成了一个婴儿。每个人都变成婴儿，而整个人类都在做生物学的研究，共同合作，希望生产两个叫亚当与夏娃的完人。电影里并没有这些，只是毕勒这么想。

毕勒这个想法，二十年后冯内古特写成了《加拉巴哥群岛》。

孤单飘荡的灵魂

《加拉巴哥群岛》这个颇合于演化事实，却忍不住让我们觉得很荒谬的Happy Ending，在我看来，还比《五号屠场》大轰炸过后挖出尸矿、毕勒抬头听见鸟叫“唧唧啾啾”的无言结局更晦暗更不得已——看来冯内古特在这个没道理可讲的世界又讲了二十年道理，果然更加疲惫不堪。

然而，就像本书序言所引用的一句话：“不论如何，我仍旧深信人们的心地都是非常良善的。”这当然有几分走夜路吹口哨的自我打气意味，但说实在，冯内古特并不是一个虚无主义者，他还差一步，但我以为，要在这一步硬生生刹住脚步，需要很强的意志力和忍受力，以及如化成盐柱的罗德之妻般对人的无比眷念之心。真的，在让你满头包的荒唐世界，不管要皈依宗教或顺势彻底虚无，比起来，都是不必花大力气“立等可取”的，而且非常轻松当场卸下所有责任。但丁的《神曲》中，他把一堆生前没有基督信仰、终身竭力思索反省的伟大思想家哲学家如亚里士多德等，都放在介于天堂和地狱之间的永恒迷惘之乡，得一直活在不确定、找不到答案的自我折磨世界中——我们不必理会但丁的宗教观，这些人远比天堂中平安喜乐没有痛苦的得救者要勇敢、自由，且有人的尊严。

在《加拉巴哥群岛》中，当浩劫结束、新演化顺利进行后，冯内古特还“多写”了好几章，是担任说故事的鬼魂站出来说自己的事，他为了在旁观看这场浩劫，离开了可以让鬼魂安憩之地，走出“蓝色坑道”孤零零飘荡于人间，他那写了一百多本书一千多篇科幻小说的父亲鬼魂要他回去，否则他得在人间继续飘荡一百万年。

显然，这个鬼魂，正像但丁《神曲》中那些迷惘的伟大灵魂，为了“可以自由看穿人的心，可以了解人的过去”，为了了解“人生真相、人生如何运作，以及人生到底是什么”，把自己再次孤零零地掷入人间一百万年。

这就是冯内古特吧，那个化为盐柱的罗德之妻在小说中穿越了时间，提前告诉了我们天火又将焚城的故事。

清明世界，朗朗乾坤

像孔子的阿城

如果我说，小说家阿城是我个人认识的人中，感觉最像孔子的人，这样的讲法会不会太刺激了一点？

当然，时代不一样了，政治的景况、社会的景况也全不一样了，阿城没孔子那种“明明知道不可能却执意去做”的政治浪漫；传播发达，有想法看法可直接写成文章发表，也再用不着弄一群颜回子贡绕在身边，我这里要说的其实是学习、思索和看待世界的基本方式——阿城是个好读书而且杂读书之人，但和我们这一代人大不相同的是，即便近乎手不释卷，但阿城通过文字的学习比例仍远比我们低，这一方面是因为他行遍天下的奇特人生际遇（这当然需要时代的不幸配合，非我们所能，也不晓得该羡慕还是侥幸），但更重要是他由此而生的奇特本事和人生趣味，牢牢地让他联系于具象事物的俗世之中，就我个人所知，阿城当然是好厨子；也是好木匠，能修护难度极高的明式家具，他最早横越美国的旅费二千美元就是这么赚来的；是好汽车技师，自学而能亲手组装过六七部福斯的古董金龟车卖钱，最后一部他舍不得卖，红色敞篷，我看过照片，阿城戴墨镜摄于车旁，人车俩皆拉风；而最有趣是阿城还教学生钢琴，这是旅居纽约的名作家张北海泄露出来的，提起这事阿城难得有点尴尬，暗骂了两声。

不是吹嘘不是标榜，阿城才真的是那种看菜单看商品目录，比看《荷马史诗》还津津有味的人。

但际遇、趣味乃至于现实求生本事相像不稀罕，阿城和孔子惊人相似之处在于，阿城不排斥抽象的文字学习（事实上，他是此中高手，从不民粹从不反智），也一样有足够的聪明和专注作纯概念性的思考，但他总要把抽象的学问拿回来，放入他趣味盎然的世界好好涮过，就像他北京的名物涮羊肉一样，如此才得到滋味好入口，也因此，所有的抽象概念符号，在阿城身上都是有现实内容的，他不放心加以浸泡过的，有着实感的温度、色泽甚至烟火气味。

阿城在《常识与通识》一书的《魂与魄与鬼及孔子》文中，他自己也说了，“我喜欢孔子的入世，入得很清晰，有智慧，含幽默，实实在在不标榜，从古到今，不断有人用道家标榜自己，因为实在是太方便了”——从阿城，我才真正晓得孔子的入世，不是游列国干诸侯的救世部分，那是他给自己的不得已任务，因此总有委屈之感，孔子的真正入世，是我们一向误以为他道不成要回身隐遁的那部分，游山观水、乘槎浮海，回到他所属民间社会的从来之处，这才是他真正乐趣所在。但这个醒悟，同时也带给我不祥之感，我会同理可证马上想到，很长一段时日被我个人（以及朱天心等）认定为海峡两岸小说第一人的阿城，小说书写极可能也只是他对眼前世界的“公德心”部分，阿城极可能不会久居此地，毕竟，他太喜欢那个更火杂杂、更热闹有人的世界，如孔子说的，人和鸟兽终归不是同类，我是人，我选择和人住一起。

阿城在台湾居留期间，导演侯孝贤安排他住木栅的安静山边，随遇而安的阿城事后说，下回能不能就让我住永和豆浆店楼上？

概念是抽空的、不具质量的，这当然有其必要，人的思维速度因此可以加快、挺进的幅度因此可以更加深入，甚至快到思维者本人都拉不住它、深入得拉不回来，这方便于思维边界的英勇探勘行动，但也就不免于异化（意识形态化）的风险；相对来说，留在具象世界之中，用实像来思考，万事万物总是有重量的，在在形成阻力，因此思维行远不易，当然欺人遂也相对不易（画鸟兽难，每个人都可用自身的经验对抗它、检验它），也因此总是安全的。

在概念思维的世界于是合适产出理论，深邃壮丽，非寻常人可参与可判别，但奇怪总是要我们分边认边，非此即彼，隐含着森严不可妥协的对峙对抗；而在阿城所热衷的具象现实世界，则比较合适讲故事，人人能听能懂，而且意见矛盾并陈，往往谁也拗不了谁去，因此，表面上吵吵闹闹，其实是温和不迫人的。

既然如此，我们也来讲讲古老的故事，让我们对阿城的阅读从说故事开始。

见怪不怪的故事

春秋时代曾经有个翟国，是当时的游牧民族之一，后来亡掉了，遗民流散，其中有个叫翟封荼的聪明人向南投靠三晋的强豪赵简子，下面是收在刘向《说苑》的一则故事，或说一段对话。

> 赵简子问翟封荼："听说翟国曾经下过连着三天的谷雨是吗？"翟封荼点头说确有其事。赵简子又问："我还听说也下过三天的血雨，这也是真的吗？"翟封荼点头说确有其事。赵简子再问："我还听说有过马生牛、牛生马这样的怪事，也是真的吗？"翟封荼还是点头说确有其事。
>
> 赵简子感慨起来，叹口气说："人家说妖孽可以亡国，果然一点没错。"
>
> 但翟封荼说："不，您问的这些都是很平常的事，下三天谷雨，其实是谷子被龙卷风卷上天造成的；下三天血雨，这是鸷鸟在空中打群架造成的；马生牛、牛又生马，这是因为牛马杂牧杂交造成的，这些都不是让翟国灭亡的妖孽。"
>
> 赵简子问："那翟国真正的妖孽是什么？"
>
> 翟封荼回答："翟国人民离散不凝聚，君王年幼无能，

卿大夫贪财，结党营私只晓得争个人的权势财富，官吏作威作福欺压人民，政令成天改来改去没一样能有效贯彻，士人普遍贪婪而且怨恨上头的人，这些才真的是翟国灭亡的妖孽。”

这是个很舒服的故事，但老实说也是中国古来相当典型的故事，类似的光《说苑》一书就收录着好几则。基本上，它不相信神秘之事，不惑于鬼神灵怪，认定万事万物必然有着平实的好理由，你把传说神话中离奇荒诞的成分拿出来，放到人生现实的光天化日之下这么一照，就会现出恍然大悟的常识原形来，原来如此，答案原来就只是这样子而已，这个柔和回归经验世界的思考选择，给予我们听故事的人一种素朴的愉悦，一种源于生活世故睿智的息事宁人——也因此，中国诸如此类今天习惯划归人类学领域、甚或进一步窥探意识无意识深层的传说神话，多半只成了单纯的寓言被解读，不作概念深掘，不持续在抽象概念的思维世界贪婪前进。

这里，我们便清楚看到回归常识世界的除魅力量，这是个思维的刹车系统，让人清醒不耽溺，阻止人无边无垠地胡思乱想下去——但是，龙卷风真会让卷上天的谷子下整整三天吗？什么样飞鸟的世界大战打到血如雨下三天三夜不休呢（有空的人可换算一下需要粉身碎骨多少只鸟）？马和牛即便杂牧，依生物学，可能杂交繁殖不马不牛的后代吗？这里，问话的赵简子没追下去，回答的翟封荼也不持续想下去，两造皆心满意足地停在此处，停在当时水平的具象常识世界之中。

没有危险，但也没新的发见启示。

这使我想到另一则故事，是我个人阅读所及，和翟封荼故事同途殊归的最相对故事，思维者在几近完全相同的疑问下，作出一百八十度的抉择，体例上仍是对话，出自柏拉图的《斐德罗篇》。

相传苏格拉底和斐德罗两人散步到传说中北风神带走奥瑞茜雅的山崖旁，斐德罗问："如果奥瑞茜雅不是在这里被北风神带走的，你还会相信这个故事是真的吗？"

苏格拉底的回答是，不管信与不信，这对他都不构成困扰，事实上，并不难找到一种巧妙但看起来合情合理的解释，比方说，奥瑞茜雅其实是在这山边的岩石上玩耍，不小心被强烈的北风吹下石崖摔死或淹死的，因此遂传说成北风神带走了她——如何？到此为止像不像翟封荼式的答案？

然而，苏格拉底却又说了一段很著名也很有意思的话：

> 但是，这样的解释虽然能很巧妙又似乎很合理解释了神奇的传说，却不会让我欣羡，因为如此一来，我们也被迫得继续解释，神话传说里的半人马怪兽、吐火的怪物，以及一大堆蛇发女妖或飞马等，要对每一个传说都提出一套素朴的可能解释，需要很多空闲的时间，但我却完全没有这么奢侈的闲情，我真正的理由是，直到目前为止，我还没办法做到像德尔斐神谕所说的"认识我自己"，因此，在我还没真正

认识我自己之前，花时间去研究不相干的事物，对我来说是很荒谬的，我宁可更简单用传统信仰的理由来打发它，而我真正必须知道的是，我自己身为一个人，究竟是比百头巨人更复杂更狂暴的一种怪物，还是更温和更单纯的生物？

这里，提醒大家注意苏格拉底不选择翟封荼式解释的理由——没有时间，没这份闲工夫，因为有更要紧的事等着去做，而所谓更重要的事是“认识我自己”，一件幽微深邃的思维任务。

来不及的伟大向往

阿城这本《常识与通识》，包含了十二篇意志力一贯的文章，原是发表于《收获》双月刊，谈话的主题是“常识”——君自故乡来，应知故乡事，阿城回过头来和人们谈论常识，而且文章篇幅颇长、文字内容直话直说（就阿城越来越简短、越点到为止的书写方式而言），当然是苦心的。

但常识是什么？常识不就是社会中最通俗、最底层、游荡在空气之中几乎人人可不学而能的最起码认知吗？这不是每个人都已经拥有的东西，干吗要费神重述重说呢？什么时候何种景况之下，人会连最基本的常识都失去、都再看不到呢？常识得而复失之际，又会酿成什么危险呢？

大风大浪走过的潇洒阿城，究竟担心什么？

我猜，答案用中文来说，可总结成四个字：“意识形态”。

就举个阿城标的所向的实例来说，遍地是农民，种了数千年之久稻麦高粱小米的老练中国农家，会没有最基本的常识，不晓得庄稼要扎根深浅、间距多少才好得到理想的收成吗？甚至说开花太多时得狠着心摘除一部分，才能颗颗饱满结实不是吗？然而我们看到，当挟带了革命意识形态强力而来的所谓“深耕密植”政令当头罩下，所有的千年经验、所有的常识当场全消失了，当然，没太久之后，就连该有的收成也消失了，接管这整片古老大地的是全面性的歉收，这就是五〇年代的大饥荒。

这里，相对于人们经验世界的常识，我们可以怎么理解意识形态？大体上，意识形态并非完全对立颉颃人的基本经验，并非单纯的蒙昧，相反的，它往往来自人们意识到经验世界的限制，不耐烦于经验世界具象事物的沉重束缚，所积极寻求的一种雄心勃勃的超越，这种超越，如我们在柏拉图身上、在文艺复兴后欧洲的理性主义者身上所看到的，尽管瞧不起紊乱迟缓的经验世界，要把经验世界隔绝在外不受其骚扰，但思维仍在理性的范畴之中运作，受着人类基本理性秩序的节制，但问题是，理性仍是有限制的，无力穿透我们触目所及而且驱之不去的诸多现象的疑问，比方说生死、爱情、生命的终极价值和目的等等，你忍受不了没答案，无法带着满心疑惑照常过日子照常入睡，你就得再次超越理性悍然而行，但由此开始的新思维旅行，再没地标，再没规则章法，支撑你的，大体上只能是激情、直觉、认定和不回头的信仰。

因此，我们或者可以这么说，意识形态的最根源处，原生于一种人类之于“伟大”的遍在渴望，生年不满百，常怀千岁忧，这不单单只是诗意的不必当真的浪漫情怀，还是一种迫在眉睫的有限生命动人实践，你心知肚明自己仅仅只有这几十年时间，但要看的世界那么大，要追问的问题那么多，要娶上手的美丽女性为数那么大，要亲身验收的功业打造那么漫漫不可及，我们把一颗巨大的心，收在一个有限生命的身体之中，你压抑不住欲求，便只能转而寻求另一种快速的方式，一种即溶式的伟大——因此，意识形态的灾难通常总是一种奉伟大之名的灾难，它不得不返祖地援用信仰（人类最快速的一种获取真理方式）以产生必要的实践强力，但它总宣称自己是更进步的，是瞻望未来的，是明日而不是昨天。

昨天是什么？昨天是既有的经验，落在现实的具象世界土地上，沉积为今天的常识，不伟大，是它的一大缺憾，满足不了那些总是踮高脚尖窥探明天的人。

更多的常识

朱天心在她的小说《预知死亡纪事》一开头这么写着：“正西风落叶下长安，飞鸣镝。多少事，从来急，天地转，光阴迫。一万年太久，只争朝夕！数十年前一人写下此诗，随后他果然也如愿做下了朝夕间天地翻转之事。”

追逐伟大目标，从而弃绝常识牵绊、落入意识形态笼罩之中，对中国这块古老土地而言，还是上个世纪不到百年间的事，再之前长时以往并不是这样子。

当然，到二十世纪末事情有点逆转过来了，今天我们常感慨，眼前几年，大陆开始认真搞经济——我想，我们把此话代换成“大陆搞常识”，看来也完全是通的，也因此，阿城这本向着祖国同胞书写的《常识与通识》，于是就该轮我们来读了，而且非常值得一读。

中国，相对来说，一直是意识形态较稀薄的国度。当然，意识形态之生有其人性理由，大概不可能完全根绝，但比方说两种大型意识形态之一的宗教，在中国就不发达不伟大于是也就不怎么死人，这里先就少掉了一个；另一个也属劲爆级的国族主义，则强度略略比宗教严重，但也还节制，基本上还受现实主义的管辖，不至于脱钩而去成为无限上纲的种族生死仇恨，也因此，今天我们重新描述这个老文明，会倾向于用迟缓停滞而不是伟大华丽，这是常识胜过意识形态的必然呈现。

但光回头看不会有用的，昨日中国的常识输给今日中国的意识形态，这一战胜负已分，常识要如何整军经武，打赢往后的仗呢？有一种想法，我们常说，当民主失败时，你需要用更多的民主来获胜；同样的，当常识失败时，也许我们需要的，是更多的常识不是吗？

更多的常识，这是可能的，事实上这也正是阿城在这本书中试图做到的一部分事——常识的确拥有一个意识形态所没有的长期优势，那就是它的开放性特质，容受一切，无惧错误、不足和矛盾，并允许修改。许多人长时间的既有常识，我们今天都晓得是错的，比方说翟封茶的三大解答，比方说地球是平的、太阳是绕着地球旋转云云；也有很多今天我们习以为常的乏味常识，曾经是危险的、激进的、惊天动地的主张和发见，比方说人类系演化而来，比方说结果是地球绕着太阳旋转而且还只是广漠宇宙的微尘一粒云云。每一次老错误的修改，每一个新知识的容纳，都意味着常识的再次进展，援军不绝，因此，我们或可乐观地相信，时间看来是站常识这一边的。

常识和意识形态长期对峙并逐步获胜的历史图像，用马克斯·韦伯的话来说，便是一个持续除魅的过程，用我们常识的话来说，便是一个民智由蒙昧走向开化的过程。

好梦由来最怕醒

但太强调“长期”永远是伤感情的事，即便对我们这些没奢望伟大也并不太性急的寻常人等来说，也会有缓不济急、求我于枯肆的真实焦虑。很多可怖的灾难我们都知道它只是暂时的、局部的、会过去的，地震会停歇，台风会远扬，洪水会退走，战争革命会杀人杀到筋疲力尽再杀不动，所以才有凯恩斯对自由经济思维长期自动调节功能的嗤之以鼻名言：长期，长期我们都死了。

更何况，我们说过，意识形态并非全然的古老蒙昧，它可以是进步之名的，可以跟着新知识的进展而来，像中国这百年的意识形态统治，便和人类知识的诸多新发现如达尔文的进化论揭示脱不了干系。

因此，真正的关键，倒不在更多的常识（这只是个好的征象，说明常识领域的受到关注并持续进展），更不在于更对的常识（我们怎么晓得比方说阿城这些援引科学新知的“新常识”，改天不会在下一波发见被推翻如昔日的“地球中心说”呢？）。毕竟，和意识形态的对抗，基本上绝不是一场对与错、是与非，或更戏剧性的正与邪永恒大战，往往，它就只是人心的封闭或开放、坚硬或柔软罢了。

真理，是意识形态的第一标志，通过对经验世界的封闭，以去除杂质，完成自身的纯净，这是陀思妥耶夫斯基说的附魔状态，或温和些如阿城说的催眠状态之下的产物，因此，所谓真理和虚伪的伟大战斗，基本上总是一种“划下道来”的战斗方式，非我族类，其心必异，然而，从我们清醒状态的人旁观，它毋宁更是两个真理之间的战争，只是一个意识形态和另一个意识形态的炽烈对抗，只是一个神和另一个神的炽烈对抗，结果不论谁输谁胜出，是基督十字军或安拉圣战士，打赢留下来的都只是意识形态而已，除了勉强有点相互毁灭的去神圣性效果而外，殊无意义。这一点，写《国家的神话》的卡西尔说得很好，意识形态是哲学无法攻穿的，是三段论无力驳斥的，哲学真正能做的，只是帮助我们多了解它，知道发生了什么事而已。

你如何和一个落入催眠状态的人面红耳赤地辩论呢？你不会的，你会叫醒他，必要时用一桶冷水浇他，满心抱歉，但真的是为他好——所以阿城说他本来想把这本书命名为“煞风景”，惊破人家好梦。

梦怕什么？怕天亮。因此，好莱坞感人肺腑的虚拟之梦，先得把我们关进无光的隔绝戏院里面；而我们什么时候最容易情感泛滥、自我感动得一塌糊涂？大概就是子夜过后四下无人的孤绝时刻，因此，那种情境下记的日记写的信，顶好第二天睡醒后再重看一遍，否则他日很容易后悔，并成为别人勒索你的材料。

常识没什么了不得的，甚至说对说错都没那么要紧，而是它是鸡啼，是 Morning Call，是清醒的声音，负责把我们唤回它所从来的、扎根的真实无欺世界，一个具象清明、朗朗乾坤的世界。

鉴赏这个世界

而阿城不仅仅揭示了这个真实世界，还鉴赏了这个世界，这是阿城美好的价值所在，是阿城在我们这个世代之所以成为“稀有财”的所在。

我个人以为这是非常要紧的，相对于无羁的、虚拟的、任意的催眠世界，如果被叫回来的我们，四顾发现我们身处的真实世界，仍一如我们记忆中那样乏味无趣贫薄，你还是会想倒头睡回去的，就像人戒不了酒、戒不了麻醉药品、戒不了伟大壮丽的意识形态一般——真实世界的失败，有它自己要反省负责的地方。

如此现实的坠落可能是两面的：一边，我们眼前的世界，或者如卡尔维诺说的，急剧在“硬化”，美好事物消失如海潮退去；而另一边，就像列维－斯特劳斯指出的，我们自身也不再晓得如何看待这个世界，我们不知道如何和具象的事物相处，我们失去了生命本身的可贵鉴赏能力。

清醒，但是美好富有想象力，而且含幽默，我们所欠缺的，正正好就是阿城——到这里，我们再无法代言了，事实上也毋需解释，因此，我们的伴读责任至此可告一段落了，往下，是真正阿城的美好时间了——

入戏的观众

我读格雷厄姆·格林

我个人知道格林相当早，但真正开始读格林则相当晚，差了将近十年时光，看起来阅读一事也和生命中美好事物的光临一样，光是知道有时还嫌不够，还得仰赖一点点机缘。

结束这段知而未读踌躇时日的关键，只因为一个人的一句话，那是哥伦比亚的加西亚·马尔克斯，我读到他一份访问文字（只要有加西亚·马尔克斯这个名字安于其上的任何文字，我从不会放它从我眼前没事走过去，多年以来，这已从习惯内化成某种本能了），被问到当代小说家他喜欢哪个时，马尔克斯的回答正是："威廉·福克纳和格雷厄姆·格林。"

三十岁才开始的格林，当然，还有福克纳。

我很喜欢牢牢记住并跟人家讲这个阅读格林的简单经过，一方面是因为这确实是一趟不虚此行的美好旅程开始，往后十几年断续读下来，我对格林的小说从未失望过；另一方面是，由此格林又变成我“阅读隔岛跃进”的另一个新跳板，由他的小说由他的话语再次连缀到其他人其他书，比方说塞万提斯的《堂吉诃德》（当然，这书谁年轻时都念过，但因为格林它成了一部非得重来不可的新书了，这类的事在阅读时常有），比方说康拉德，或甚至写《柏林谍影》《镜子战争》的勒卡雷，勒卡雷是那种你傻傻遵循正统小说线索较容易错过的好小说家。如此，新的书新的人又会再牵扯出更多的人来，没完没了，这个宛如核分裂连锁反应的阅读经验，唯一的缺点是让你忽然贪生怕死起来，会不断跑出你坚持非读完才肯慷慨赴死的又一本书来。

“下一本书在哪里？下一本书就藏在你此时此刻正读着的这本书里面。”——我以为这符合了相当一部分的阅读真相。这本书和那本书之间，也许时间空间相去甚远，隔了几万里大洋或甚至更远更无以跨越的千年时光，但正如大导演费里尼讲的，它们仍可能做着相同的梦，担忧害怕相同的事物；或如阿根廷的盲诗人博尔赫斯所讲的，对相同的困惑一样发出询问。作为一个读者，你安静下来细细聆听，会听到书和书的以声相求，似在召唤同类，你不小心逮到其中一个，便可以像个聪明狡狯的猎人，你好整以暇，知道其他仍躲藏的如今只是假以时日的问题罢了。

正是书与书这样的奇妙联系，我们所赖以开启阅读的所谓机缘才成为可能——毕竟，单一个光秃秃的书名或人名，往往不足以让你打开书本决志一读（谁不早早晓得一堆好作家、好书的名字呢？甚至还清清楚楚知道放哪家书店的哪个架子上），或即便勉强打开来，却像调不到准确的频道般，怎么也接收不到书中的讯息。事实上，在书与书、人与人的有效联系之中，它所传递的除了名字之外，同时也必定携来了某种启示，某种不一样的观看角度和视野，或至少至少一个力足以让你持续看下去的必要“支撑”，也许它就只是一句再简单不过的话，正如马尔克斯讲格林，或自由主义大师以赛亚·伯林说赫尔岑的《往事与随想》是“整个十九世纪最伟大的自由主义之书”，但你真正接收到的讯息其实不单单只是这句话而已，因为讲话的人是马尔克斯或伯林这样你相信不疑的人，因为在此之前你读过说话的人一部部书，这一部部书仿佛在你心中堆叠起来，把这么一句简单的话化为高处之上的一根坚定的、有指示焦点的手指头。（你是否同我一样，也想起马尔克斯在《百年孤独》书中新马孔多村子建造之前的那段话：“世界太新，很多事物还没有名字，必须伸手去指。”）你顺此登高得以望远，看到完全不一样的眼前风景，并由此找到进入之路，简单得像个一不小心就会错过的奇迹，并有点懊恼何以之前这么长的时间就是没看出来。

这通常是阅读经验中最好的一刻。

下一本书就藏在这本书里，但这本书呢又在哪里？择书不如撞书，就格林吧，格林会是个很好的开始。

最会说故事的人

当然，每一个了不起的作家都是独特的、不可替代的，就像我们常讲天底下没任何两片雪花长得一模一样。然而，就算在如此认知的基础之上，我们仍得再次强调，在所有的独特之中，格林真的是无与伦比，尤其就二十世纪的小说发展实况及其限制来看，格林完成太多奇怪的事，少有人能像他那样。

首先，格林极可能是二十世纪小说家中最会、也最专注于说故事的人，这里，我们讲的不只是他的小说数量，还包括他的小说实质内容。

从一九二九年出版《第二个自我》*以来，格林整整写了六十年的岁月，其中光是长篇小说就交出二十五部之多，其他还有短篇小说、剧本、自传、游记、诗集、论文集、报道文学、传记云云，非常吓人，对创作力，尤其是长篇小说创作力普遍陷于委顿的二十世纪小说（尤其是格林所从来的、开发过度的现代小说原乡西欧），格林的丰美是极其动人极其醒目的。

格林不只写这么多小说，怪的是他还像十九世纪伟大的写实小说家那样子书写——格林的小说视野宽广，格局恢宏，敢于碰触西欧小说业已遗失近百年的大题目，包括一场战争，一次政变或革命：而且格林始终执着于实相，认真创造人物，构思情节，让想象力在具体的世界之上奔驰，不躲不闪不装神弄鬼，不在关键技穷之际莫名其妙地化成一道轻烟不见，就像你在二十世纪小说经常看到并为之气结那样子。

格林的每部小说都是个好故事，这让他有余裕和自己的作

---

* 格林出版的第一部小说“*The man within*”。

品调笑——一度，格林把自己的小说分两组，分别标明为“正经小说”和“娱乐小说”，但这个玩笑没开太久就宣告放弃，原因很简单，即便由作家本人来分类，这两者也从未泾渭分明过，事实上，格林再阴暗再严肃的小说都一样有着可堪读者享乐的好看故事和情节；同样的，再轻松再顽皮的作品，也都深沉专注，一句话，都一样是格林的小说。

其次，格林是最会写男女偷情的小说家，这方面，他的规格不只是二十世纪，而是人类整个文学历史，没有任何人比他更会写偷情。

这有一部分得归功于他的真实经验。格林于一九二七年结婚，并因此改信天主教，但他的婚姻和信仰都没因此安定下来，前者在他育有一子一女之后便宣告分居（天主教不允许离婚，因为他们直到今天还相信“神所结合的，人不能分开”），而改由长期的偷情来替代，至于信仰之路则更是无止无休地在怀疑中挣扎，这些我们都可从小说之中看出来。

不少人讲过，格林小说中的女性角色总是次等的、陪衬性质的（“都只是鬼魂”），这话大体没错，但其实可以讲得更直接更准确些，那就是，格林小说中的女性便只有在扮演情妇那一刻才焕发光芒——让我们说夸张一点吧，格林写男女偷情，几乎已届“至小无内，至大无外”的令人叹为观止境地，小从一句对白，一个看似自然的停逗，一个瞬间闪逝的失神，甚至一块晚餐桌上的无辜牛排（真的，见《恋情的终结》），其间都能层层叠叠地包藏着猜测、怀疑、嫉妒和怨懑等等奇怪的心思，而格林就是有办法把这琐细的男女之事搬上台盘，联结上轰轰然的历史大事甚至成为关键。在《喜剧演员》中，男主人公布朗正是怀疑满口大话的琼斯少校上了他的德国大使夫人情妇，才借力使力把琼斯弄上山打游击，最终加剧了革命镇压，害死了琼斯，也让自己再回不去太子港，从而流落到多米尼加成了滑稽的殡葬业者；在《安静的美国人》中，英籍记者弗勒则因痛恨美国特工派尔偷走他的越南情妇凤，设计让这个年轻天真的美国人中伏遇害；而更精彩的可能还是《麻风病人》，那位了无生趣、随着船走多远就是多远而流浪到刚果麻风病院的名建筑师奎力，误打误撞开车载送可怜的赖柯夫人入城验孕，却因为女人奇妙的心思，事后赖柯夫人一口咬定他是腹中小孩的父亲，因着一场不存在的、女人自我抚慰的想象偷情，被虔信天主的愤怒丈夫射杀。

相较起来，我们一直认为最会写男女微妙心思的张爱玲、钱锺书，原来是那么“文学”。

还有，也是比较无聊的，格林大概是和诺贝尔文学奖关系最纠缠也最奇怪的作家，他破纪录地被连着提名超过二十次，却终其一生没能得奖。当然，这件事较丢脸的一方是瑞典皇家科学院那班人，意思是，长达二十年以上的时光，他们的文学奖最终名单一直是可疑的、鉴赏力大有问题的。

最终，也是最特别的，格林同时也是一个了不起文学国度的创建者，这个国奉他为名，我们称之为“格林之国”。

格林之国的创建者

这里，我们先来读一段格林自己的话，那是《我们在哈瓦那的人》书中透过那位卖吸尘器于哈瓦那的小商人吴模德讲的："我不会为我的国家杀人。我不会为资本主义、共产主义、社会民主国家、福利国家而杀人。我会因为卡特杀了某某人而杀掉卡特。为了家庭的恩怨杀人，比为了爱国或喜爱哪种经济体制杀人理由更充分。我爱，我恨，都是我个人的事，我不会在什么人的国际战争之中扮演五九二〇〇之五（书中英国情报单位赋予吴模德的特派员编号）。"今天，住台湾的每个人都应该把这段话背下来，尤其是"南国以南"的勇敢台湾人。

米兰·昆德拉在谈欧洲现代小说时，把时间上推到塞万提斯的《堂吉诃德》，说那时候小说是"人在无限大的土地之上一种幸福无所事事的冒险旅行"。

好小说家应该有国籍吗？

当然，在现实之中小说家还是得有出生地点、有纳税义务对象，尽管不见得在意、喜欢、认同或效忠，但不容否认这很难完全逃离，在这层意义上，格林是英国人殆无疑义；但是除此之外，小说家往往有一种更难以逃遁的隐藏国籍，可以完全无涉于象征国族的某个抽空名字、歌曲、旗帜乃至于意识形态，而就只是一方素朴的、有着生活现实质感的土地。对于和生活细节有千丝万缕联系需求，甚至于倾向在具象的人事时物之上书写的长篇小说而言，这一方土地和小说家本身的联系总是远远早于小说意念启动之时（没有哪个小说家是一生下来就打算或直接开始构思小说的），因此，它和小说家的关系是浑然的、整体的，在理知选择之先且一先就是二三十年不可逆的时间，难以检视、难以在他日重建仿制，也就再难以替代。

长篇小说的书写因此总是农民式的书写，在同一方土地之上深耕密植，就像契诃夫和他的旧俄小城小镇与农村，巴尔扎克和他的封建巴黎，以及更清楚的，直接讲自己就是个农夫、只会在“一块邮票大小土地上反复书写”的福克纳和他南北战争所在的美国南方原乡。

这方面，格林完全逆向行驶，他是个持续逃离家乡的人。

一九三四年，也就是格林三十岁之时，他徒步旅游了利比里亚，据此写了《没有地图的旅行》这部游记，预告了他日后的出走生涯，往后，他的长篇小说便持续由行走的脚、凝视的眼睛和书写的手所联合完成：《权力与荣耀》是墨西哥，《问题的核心》是斯里兰卡，《安静的美国人》是中南半岛，《我们在哈瓦那的人》是古巴，《喜剧演员》是海地，《麻风病人》是他自己所说“形状就像人的心”的非洲正中心的刚果，而晚期的《吉诃德大神父》则当然只能回转欧陆的西班牙云云。

这是“格林之国”之所由来，意思是格林小说足迹所及的全数土地的总和，由此组成一个虚拟国家，论这个国家的总面积，可能并不比殖民鼎盛时期、号称日不落之国的大英帝国小多少，但它不是通过欺骗、谈判、征战和杀戮所缔建起来，而是由一个了不起的小说家，就凭着他的一身小说家本事，让这个国从伟大的文学地图之中熠熠浮现起来。

有关这个史无前例的小说之国，据了解格林自己并不见得领情，甚至，他还曾如此气急败坏地宣称："我要高呼：'这是仔仔细细、正正确确描绘出来的中南半岛、墨西哥和斯里兰卡。我不但是小说家，还当过报社的特派员。我向你保证，躺在沟渠里的死小孩就是那副模样，尸体把运河的水都堵住了……'"

实体的道德景观

从格林这样几近是神经质的自卫之言中，我们并不难察觉，格林自己也很清楚，"格林之国"的说法既是赞誉，但却也去除不掉某部分根深柢固的深深疑惧，这疑惧一方面是文学技艺的，多少质疑着格林这样一地写过一地的奇怪小说书写方式；同时也是历史道德的，毕竟在西欧的书写者和格林足迹所及的这些"边缘国度"之间，一直更清晰浮现的毋宁是另一个非关小说的书写谱系，这是为期数百年时光之中由来自欧洲的行商、传教士、冒险家、军人和民族志者所联手完成的，深烙着帝国主义以我为准的罪恶印记。

我想，格林真正怕的是后者，所以他才如此刻意强调他的书写不谬。写实不见得是文学成就的判准，而且时至二十世纪现代主义以降，甚至已不必然是小说书写的必要条件了，但在这里，强调写实，至少可以和数百年来以欧洲观点为中心，任意扭曲涂写其他异质社会的帝国主义书写传统划清界限。

只是，格林当然不会是在地者、农民式的写实，他终究是外来的人——这一点，写过格林评传的约翰·史柏龄讲得很好，他说："格林描写的这些事实本身可能并不那么正确，但经过作者的挑选和组合，造成了所谓典型的'格林风貌'。""这也不单单是详细地描写（否则好的游记作家或新闻记者也写得出来），而是像康拉德一样呈现出道德景观，描绘当地的情形和身历其境的人。"

道德景观，Moral Landscapes，我个人很喜欢这个说法，但我相信，格林远比康拉德担当得起如此说法。

外来者的书写，基本上总是一种宏观的、整体性的掌握，而疏漏于真实细节的理解和感同身受（因此，相当一部分所谓帝国主义的书写系源自不了解的急躁和傲慢，而非全然心怀歹意），这方面，格林之于康拉德有着先天的优势——此一优势一方面来自时间延迟的自然效应，格林出手的时间晚了几十年时光，意思是多出了几十年西欧之于这些遥远国度的累积理解；另一方面，这又是帝国霸权历经转移的几十年时光，让这些国家从政治体制、经济发展、社会结构、生活方式乃至于文化思维承受了不同的冲击而呈现着不同的轨迹变化，残酷地来说，这无疑提供了更丰硕的观看思省线索。

但仍有很重要的一部分优势是格林自己。格林的位置远在康拉德左边，这让他一直比康拉德对当地的现实权力结构和道德景象有着更左翼的高度警觉和更左翼的持续关切，他笔下这些欧洲人也相对地身形更渺小、姿态更谦卑，他们不像康拉德那些带着家乡旅行、只停留在船上港边远远瞻望的航海欧洲人，而是背起行囊上岸，不回头探入内陆，和当地人一样地定居生活，一样承受那里政治、社会和经济体制统治的全部风险、挫败乃至于最终不留情的迫害（较之于当地人唯一的可能优势只在于，他们终归拥有个不甚可靠的母国大使馆，让定居失败的最终逃逸尚成为可能）。因此，格林笔下这些国家是个个不同的，不同的统治者（墨西哥禁酒禁教的独裁政权、海地的杜瓦利埃医生和他戴墨镜的秘密警察通顿马库特、古巴卡斯特罗革命前的统治政府，或中南半岛上在地的外来的交错纵横势力等等），不同的客观历史线索，而不再是康拉德现代主义笔下，一个笼统存在的郁闷热带，一个欧洲人心灵的“异乡”，只负责扮演流浪或寻道欧洲人命运之途上的某个试炼启示或救赎而已，甚或只是某个传说之中的、文学隐喻意味的暧昧国度，因着欧洲人的到来才浮现出地表，也因着欧洲人的再次转身离去而如海市蜃楼一般复归蒸发消失。

唯有在如此实存的国家和土地上头，才可能养活血肉真实的人，就像史柏龄跟着所指出的，格林小说中在地配角人物是可以脱离主角（欧洲人）而独立存在的，“格林之国把这个历史的转捩点（意指殖民霸权转移）记录下来并且转变成神话，就像狄更斯笔下早期工业化的伦敦，或契诃夫笔下革命前的俄国。”

也就是说，Landscapes，由高低起伏的山脉、河谷、丘陵、平野乃至于人为田园庄舍所建构起来的层叠地表总体图像，格林用的不是现代主义的文学布景搭建，而是用的真山真水，这样的道德景观，既是心志的，也是实体的，是文学剧场空间，也是历史真实空间，由此，格林完成了二十世纪，尤其是二十世纪已然疲惫老去西欧小说再无力完成，或说再无力恢复的动人文学奇迹——格林把小说再次从昆德拉所说那样“只能低头瞪视自己灵魂”的窄迫凝视中解放出来，并放手把现代社会分工层叠、拦住人目光的烦人建物再次夷平为广阔大地，让久违的地平线再次重现，让失落的旅程再次整装而行，人的灵魂和私密命运不再必然隔离如孤岛，它仍然可能重新接回人类的总体历史之流，小说不再只能是弗洛伊德、海德格尔，它还可以堂皇和列维－斯特劳斯对话，和萨义德侃侃而谈，筋骨舒活，元气淋漓，好看得不得了。

在格林如此重现的广阔真实土地之上，就连现代小说失落已久、早已让渡给新闻报道和通俗小说、好莱坞电影的说故事能力也一并回来了，重新生长——本雅明在一九四〇年代黯然断言，说故事这项技艺久已失传，说故事的人，尤其是行商式走遍天涯地角携回远地故事的人早已消失，读格林的小说，让我们对此重生侥幸之心。

从老欧洲出走

狄更斯笔下早期工业化的伦敦？契诃夫笔下革命之前的俄国？这是什么意思？这是历史时间超过一百年的时光回溯，如果我们用小说书写意义的语言翻译出来，意思则成了，这是小说大叙事传统的寻回，而我们都晓得，那是人类历史上所曾经有过最辉煌且可能不会再有的小说世代，除了狄更斯和契诃夫，那时还曾经有过托尔斯泰、陀思妥耶夫斯基和巴尔扎克等等，都是最好的小说家，满满是今天排列出来仍最好看的小说。

从这个角度看，格林的出走，就不仅仅只是空间的挪移而已，让不同社会、文化、人种的大板块撞击出小说书写所需要的新火花；这极可能也该视为书写者的一趟奇特的时光之旅——格林一个一个重新涉过被欧洲人侵入、启动、纳入发展，并等于是绝望一场一场重演已知灾难的国家，这趟旅程系以这些历史发展时间不一致的挣扎中社会一站一站排列起来。

一九六九年在汉堡大学演讲中，格林说："小说家的工作是当魔鬼的辩护律师，为那些处在国法之外的人争取同情和相当的了解。"

格林一直是个实质的"左派"，是那种站权力反侧，大原则坚定不移、但实质生活细节充满同情，我个人最喜欢的真左派，但不真的如天真愚蠢美国人所相信的那样，是政治狭义的"共产党徒"（美国政府因此对格林甚为疑虑，很长一段时间不发他入境签证），他年轻念大学时是参加过共产党，但只待四个星期就跑了出来；另外，格林对宗教满满是省思、质疑、嘲讽乃至于并不留情的鞭打，尤其对人的罪恶和荒谬命运思索不休，但他仍一直是天主教徒，宁可分居并冒风险偷情而不脱离，也不以为有必要脱离——正如他通过《我们在哈瓦那的人》吴模德所讲的那番话，这些概念的、架空的，甚或只是标签意义的东西并不困扰他，困扰他的是活生生的人，而且他所回归的大叙事传统从来就是在实相和隐喻上书写，而不是抽象的语意上书写。

因此，有关格林何以一生浪迹天涯的猜测，那些“左派”政治理由的、罪恶驱赶宗教理由的，我想都太一厢情愿而且没太大必要，追根究柢，格林不是政治人物也不是宗教者，而是个小说家，他的文学自觉和书写方式，较之于二十世纪几乎已和职业身份完全重叠的小说家来看，的确是复杂许多，就像大叙事时代的小说书写者般延伸诸多的公共领域之中，但主体上，格林仍是个写小说的文学工作者。

因此，与其讲格林离开的是英国，不如说出走的是西欧——格林和大英帝国和女王陛下并没太大问题，事实上他还多少协助些情报收集工作以赚取经济待遇或仅仅是素朴地尽公民职责，当然，这也让他小说中经常有的情报工作书写栩栩如生，当代间谍小说大师勒卡雷因此对他推崇备至。

格林所出走的西欧，是文学乃至于文化意义的西欧，这个现代小说发生并绵密发展的原生地，几百年下来，像过度耕种的上地，已不可避免地疲惫老去，而且还除魅殆尽，好的，坏的，神秘的，传统的，罪恶的，冲突的，信念的，理想的，什么都试过了不新鲜了，也什么都拆穿了不再可信了——这是一块已然完成、已成定论到几近全然透明的小说土地，几乎所有的可能耕地已全数改建成博物馆和研究室，是坐而言的舒服养老地方，而不再是起而行的实践场域。

新的可耕沃土在拉丁美洲，在东欧，在亚洲和非洲，这些汉娜·阿伦特斥之为意识形态名词（非常有道理的讲法）、但一般仍沿用不疑的所谓“第三世界”，今天我们果真目睹还一直在生产好小说的地带，也恰恰是，没错，格林之国所涵盖的绝大部分国土。

当代卡珊德拉

但格林仍是个外来者，是个欧洲人。

我们把格林之国的行走和缔建说成是一趟小说的时光回溯之旅，当然是有漏洞的、可议的，理由很简单，因为不同国家不同社会的现代化进展并不真像比方说西欧发展理论（另一种被纳入帝国主义传统或称之为余孽的理论）所宣称的那样，会一成不变地重演、排队领圣餐般呈线性排列。固然，人们仍一直受制于大同小异的恶意、愚昧、贪婪、恐惧等等人性之恒常，这方面别说是才相隔百年的欧洲，就是万年之前的克罗马农人亦相去不远，然而，不同的历史记忆、不同的文化结构、不同的宗教信仰，以及长期黏着于不同自然条件的不同生活方式和习俗，乃至于不同的历史敌意和偶然机运在在都是有意义的，即便被欧洲人的政治和经济秩序蛮横地硬生生纳入，它绝不可能乖巧整齐正如欧陆的昔日时光重现。也因此，格林的如此时光之旅，便处处是歧路地不知岔向何方和此路不通的断裂塌陷，途中的景象参差、破败、倾轧、诡谲、恐怖，满满是凶险，但也因此还可能有点希望。

更重要的是，格林并不真的是沉睡百年，因此毫无欧洲近百年这段历史记忆的人，在这些“新”土地之上，很多的发展迹象他似曾相识，甚至了然于胸，他记得陷阱在哪里，心知肚明致命的打击会从哪里悍然而来，美好的信念理想会在哪个阶段质变并被黯黑的力量所接收，人们诚挚纯洁的坚持和认真挣扎会在何时一切归于徒然——他和新土地的人们站在一起，休戚与共，内心并不无侥幸地希冀，但终究他记得最后的可能答案和收场。

年轻的土地，和一个孤独的苍老之人，这是格林之国小说终极困境，一种卡珊德拉困境千年之后的异地重现——卡珊德拉是古特洛伊王国的公主，太阳神阿波罗因恋慕她而给予她预见一切的能力，却因求爱不遂而咒诅她的预言无人肯信。于是，卡珊德拉知道特洛伊的最终命运，知道她眼前所有人的悲惨下场，她更知道巨大的木马不是战利品而是希腊联军的屠城诡计，但口干舌燥，世人闻此皆掉头。

永恒的异乡

阿根廷了不起的盲诗人博尔赫斯在他哈佛诺顿讲座的第六讲《诗人的信条》中温和地谈到，有些书得趁年轻的时候读，“因为如果你已经到了发苍苍而视茫茫的年纪才来读这些书，这些书可能就不那么有趣了。我这么说可能有点亵渎，如果我们想要享受波德莱尔或者爱伦·坡，我们就一定要年轻才可能得到，上了年纪才来读这些书的话就很难了，到了那时候我们就要忍受很多事情，那时候我们就会有历史背景等等诸多考量。”

当然，得趁年轻时做的事，不仅仅是读波德莱尔和爱伦·坡而已，还有恋爱、革命、理想，这些都要动用到信仰，而人年华老去率先带来的总是多疑，一种牵绊于太多经验细节的多疑，所以《圣经》中耶稣要亲口说：“你们若不回转，变成小孩的样式，断不得进天国。”

在格林苍老世故的小说中，少有干干净净的好人，因此有一种好人总特别醒目，古怪得几乎要从纸面跃出，那就是会让剧中苍老欧洲裔主人翁（这里我们可理解为就是格林自身）所欣羡甚至尊敬的、那种有着坚定简单信仰并据此孜孜勤劳工作的人，像《麻风病人》中的柯林医生，像《喜剧演员》中的马吉欧医生，或者来自美国（相对于欧洲的另一个年轻的国度），曾异想天开竞选过副总统，此番又想到海地推广素食的史密斯夫妇，但格林同时又忍不住一直口出讥讽之言，一种又温柔又懊恼自责的讥讽之言，伴随着老人爱怜却又以为不知死活的目光，心思极其复杂。这些心智意义年轻的人，或许正是“格林之国”年轻土地的隐喻。

后来在暴力镇压中得其所哉死去的马吉欧医生，托人带给流亡多米尼加的主人翁布朗一封信：“如果你曾抛弃一个信仰，请不要抛弃所有的信仰。你必能找到一个信仰来取代你失去的信仰。”这样的话，在《安静的美国人》中则出自于共产党员韩，他告诉主人翁英籍记者弗勒："人迟早得选定立场的，如果他还想当个人的话。"

很显然，格林是知道幸福何在的，但他却永远回不了头伸手去拿，就像老人不能再回转昔日的青春模样一般。而现实中更致命的极可能是，如果你哪一边都不想选也无法选时该怎么办？如果你现实人生的理解在在告诉你答案总是以上皆非，就像你厌恶资本主义又不想加入共产党时怎么办？在这里，想当个人的获取幸福方式便成了一种更大的懦怯，更大的虚无。

这种老去不回头的年龄状态，于是可能不只体现于个人一己身上而已，而且也体现于人类的集体历史——尤其格林的小说，已然把个人的命运及其完成打开，和那头庞大又不随你意志而转的世界结结实实联结起来之后，这种"抛却记忆 / 操弄遗忘"的个人心理治疗方式、个人信仰归皈方式便失去了真实的救赎意义了。

百年之前，托尔斯泰写《复活》，书中幡然觉醒的地主聂黑留朵夫将人的重建最终解答，归于《圣经》的四大福音书，在那个犹可锁国，甚或关起庄园大门便可完整隔绝烦人世界侵扰的时间和地点，或许还差堪成立。但今天我们晓得，四人福音书的宗教性、道德性建议，完全解答不了政治学的问题，解答不了经济学的问题，也解答不了生态环保等等所有让人们持续受苦的问题。这个世界已变得太大、太真实、太排阔逼到人们眼前，因此，它反倒更像一出看不到结局、没有主要演员的荒谬剧，我们都只能是观众，最多上场两句台词就鞠躬下台的龙套，是滑稽而不是英雄悲剧的喜剧演员。

在格林全部的长篇之中，我个人最最喜欢的是，斯里兰卡那出把人一步步写入炼狱的《问题的核心》，以及海地如春梦一场的《喜剧演员》，在《喜剧演员》的卷末，布朗读了马吉欧医生的信，他想的是："我老早觉得自己非但没有去爱人的能力——许多人没有这个能力，连犯罪的能力也没有。我的世界没有高岗也无深渊——我看见自己在一个大平原上，行行复行行踟躕于无垠的平地上。有一度我曾有机会走出不同的人生方向，但是如今一切都太晚了。我还是个小男孩的时候，耶稣会的神父曾经告诉我，考验信仰的方法里有一种是这样的：你必定随时随地地为它而死。马吉欧医生也这么想，但是琼斯是为了哪一种信仰而死的呢？"

没高岗没深渊，行于无垠的大平原之上，有基本地理学常识的人都知道，这是一种老年期的标准地形，水流和缓不复切割之力——在格林之国每一个仍然年轻、满是峻岭深谷的土地上，格林总是提前看见这最终的图像。

就像昔日印度的一位老僧侣说的，当你老了，世界上不管哪里，你看起来总是异乡。

我所知道最温柔的炼狱

谈格林的《问题的核心》

在必须写这篇《问题的核心》的文字之前，我才刚念完我最喜爱的小说家契诃夫的《萨哈林旅行记》，萨哈林就是我们惯说的库页岛，和日本北海道只有窄窄的海峡相隔，我个人便曾于某个夏日站在北海道的利尻岛（产最好的昆布和云丹之地）咫尺天涯地看过它。十九世纪前，这里是俄国流放重刑犯的酷冷隔绝之地，契诃夫到达岛上之后，如此描绘了他所看到的屋子："从陈设来看，这不是住宅，不是卧房，而像单人囚室。有女人和孩子的人家，不管陈设如何简陋，还像个过日子的样子，像个农民家庭。然而，即使是这样的家庭，也还是令人觉得缺少什么重要东西似的，没有爷爷奶奶，没有古圣像，没有祖传的家具，缺少老辈的治家传统。没有供奉圣像的角落，即使有，也十分可怜，黯淡无光，没有神灯，没有装饰品。总之，没有传统的习俗。陈设简陋，能对付则对付，好像不是住在自己家里，而是在客栈，或者像刚刚搬来，还没有布置就绪。没有猫，冬季的夜晚听不到蟋蟀的叫声……而主要的是，没有祖国。”

（冬天夜里的蟋蟀叫声？好奇怪，跟我们台湾乡下好像不大一样。）

这是一幅人连根拔起、和寻常生活几近完全断了联系的图像。有着我以为人类小说历史上最干净最清澈眼睛的契诃夫，毫不费劲就抓到萨哈林那种独特的荒芜，直指人心深处的完全绝望荒芜。这里，圣像和祖国，并不是抽象的宗教和国族意识，而是跟家具、无用装饰品、猫和蟋蟀声音平等并列，只是细碎的具体生活物品，某地的人活着，就必定会摆设出来的东西，如同矿工或男性单身宿舍墙上的月历裸女图片一样。

人很难完全抽象地、概念地活着，用列维－斯特劳斯的话说，这是一种人的“位置”，列维－斯特劳斯因此看重人的具体工匠技艺，以为这是人在历史存活中为自身找到的位置。

然后，我们回头看到了《问题的核心》一开头，格林写主人翁斯高比所住的家：

> 他像一个到了外国领土的间谍一样，动也不动地站在那里，他现在确实是站在异国的领域里。如果家庭对他而言意味着各种什物逐渐减少，直到剩下少得不能再少的几件熟悉、不再改变的东西，它对露易丝就意味着永远不停的积累……看来她好像正在累积证据，证明她和别人一样，有无数的朋友。

露易丝是斯高比的妻子。书末，斯高比死后，负责侦查斯高比却热烈爱上露易丝的年轻威尔逊环视这个屋子，他想的是："这所房子还是和从前一样，书架上摆满了书；威尔逊觉得这个地方一向就是她的家，而不是他的。"

格林的《问题的核心》，真的是人类小说杰作中的杰作，书写小说的人勇敢、坚定而且心思细腻清晰，一整部长篇小说下来几乎眼睛眨都不眨一下，专注地瞪视着斯高比这个人一步一步悲悯地走入炼狱，书写者就连伸次手拉他都不愿意，这因此让读小说的人非常难受。

故事发生在非洲的英属殖民地，时间是欧陆战事方酣、因德国宣称无限制潜艇政策、海上船只不分国籍一概击沉、让恐怖威胁一下子漫溢到外头大洋的二次世界大战。僻于西非的英属殖民地没炽烈的杀戮，只有封锁的孤绝，海上航路危险如同行于死荫幽谷，特定物资因战略考量横遭管制，就连通讯通信都奉情报战之名得一一过滤检查，这个郁热多病的国度，死亡系以某种外张内弛的沉闷荒败形式罩着人。斯高比是英国派居此地的少校中阶警官，有一个读诗、但被殖民地生活和防疟疾阿的平等药物浸泡得昏蒙泛黄的不再美丽的妻子，有一个早夭于远方英格兰本土的独生女儿记忆，有一个他用了十五年的钟爱黑仆阿里，此外就是每日力行不怠但其实根本无关紧要的治安检查职务。斯高比正直、诚实、小心翼翼而且早已不存什么像样的欲望，也早把生活弄得简单没什么不可丢弃，理论上，这是一个人所可能拥有的不易受伤模样，但格林却一步一步把他写入万劫不复的炼狱之中，像很早时代的希腊悲剧、莎士比亚悲剧所揭示的无可遁逃命运，不一样的只是，坠落的方式一不莽撞二不华美如流星三不渺小如虫豸，而是一种极其清醒、极其温柔、极其真实人生的形式，过程中好像一直存在着抉择的自由以及诸多躲开的可能，但不知道为什么就是没办法，这种看似伸手可及的希望，是人更大的悲伤。

女儿的死亡在小说中是回忆，彼时斯高比已只身在非洲了，系由当时仍在本国的妻子露易丝发来电报的方式得知，斯高比想起来打心底侥幸自己不在场，从患病的照料、死亡的到临到丧礼的送别完全避开来，只除了电报出了点意外，那就是前后两封顺序给电报局搞颠倒了，斯高比早上八点钟先接到的是终结性的“凯瑟琳午后病故死前未受痛苦上帝保佑你”，午饭后才是之前的“凯瑟琳病危医生尚抱希望新爱的”——后一封电报还把“亲爱的”一词给弄错了。

让一个这样正直诚实而且无欲无求的好人直下炼狱，书出之后当然引发波澜，尤其是来自狭义宗教世界的挞伐（还奇怪包括一个不会写小说又全无小说鉴赏能力，只因写了两部“科普级”政治寓言幸运暴得历史大名的乔治·奥威尔），格林的回答颇无奈，带点他注册商标般的轻微赖皮，以但丁《神曲》“天堂/地狱/炼狱”的三部曲掌故大事化小：“我写了一本《布赖顿棒糖》，让一个人坠落地狱；又写了一本《权力与荣耀》，让另一个人直升天堂；这回不过是再写一本书，再把一个人送入炼狱罢了，我不懂有什么好大惊小怪的。”

第二层的宗教意义

此次格林小说的再来台湾可算第二次，上回相隔十年可说铩羽而归，很可能是台湾自己的小说阅读能力还太简单太单纯，没准备好读格林；另一方面，我个人怀疑是我们错误介绍了格林，说他是“宗教小说家”，好像只在幽蔽阴森的抽象善恶小世界里喃喃自语并痛苦挣扎，让人小说还没读就心生畏怯，从而错失了格林最现实也是他最精彩的一面。

格林确实是写成了几部基督教成分稍重的小说，像《麻风病人》《权力与荣耀》《恋情的终结》云云，以及我们手上的这本《问题的核心》；此外，在小说语言这方面，格林又显眼且大量地使用善恶、怜悯、背叛、怀疑、责任、爱等等大概念性语词，误解起来更是方便。这里，我们有必要准确些理解格林小说基督教成分的意义，还有他放手使用这类在二十世纪小说几乎已成书写禁忌的概念性语词的理由。

《问题的核心》小说中，兰克神父最终对露易丝说：“教会什么规矩都知道，就是不知道一个人心里想的是什么。”——为求简便，我们先大不韪地把欧洲人的基督教断开成两种：一是封闭性的单纯宗教，我们可以《新约》，尤其是四福音书为代表，揭示了人与上帝之间甜美而且简明的隶属关系，上帝彰显真理，教会负责颁布规矩，人顺从如此清晰的指引，自会马上找到终极的意义和救赎，在这个用仪式、经书、祷词以及抽象教义所圈起来的隔绝小世界中，事实上不会有具思维意义的真正迷惑，迷惑只是一种实践能力不足的迷途而已，也不会有具反省意义的真正失败，失败只意味着个人的软弱和堕落而已，这也正是兰克神父所说那个“教会知道一切规矩”的明白世界。另一种则是基督教在人类世界的巨大存在事实，这是绵亘了两三千年时光、从近东到欧陆、从单一部族到普世列国的庞然开放经历，我们可以《旧约》为代表，这里的基督教意义，既是政治的、历史的，也是哲学的，更如契诃夫笔下的圣像和神灯，还是寻常人家生活中的必备摆设什物。基督教参与了这个价值相互冲突、终极真理和井然秩序难以存在的人类总体历史，一方面它巨大的存在，的确普遍成为欧洲人道德思维的根源乃至于看待世界的基本方式；但另一方面，它也可能且历史事实俱在地持续受挫和失败，毕竟，在这个开放性的现实场域中，它们只是平行于其他的思维方式之一，看待世界的方式之一，也就是在这里，它会如兰克神父说的“不知道人心真正在想什么”。

小说家从来不是简易甜蜜真理的寻道人，格林也是这样（格林甚至很刺激地说小说家应该是魔鬼的辩护师，当然，他所说的魔鬼，是国法、秩序、权力反侧的现实性隐喻），他所关心的总是基督教的第二种意义——或更明白地说，小说家关心的总是人，普遍意义之下的人，只是当欧洲的小说家面向着欧洲人书写时，不管他自身信不信神，终究得一再碰触到密密麻麻缠绕其间的基督教具体实物和抽象思维论述。契诃夫、狄更斯、巴尔扎克、陀思妥耶夫斯基、左拉、福克纳等皆然，差别只在于描景式的笔锋扫过教堂、神父、礼拜仪式等实体，或直逼问题核心地探入人性善恶而已。

也如此，就《圣经》的实体经文来说，小说家引用的、思索的，总是善恶难言天地不仁、教会从来解释不周全的《旧约》，而不是亲切上帝、真正基督教救赎核心的《新约》（小说中，《新约》经文往往如官方说法，作反证嘲讽之用），这绝非偶然——其中较大的例外是托尔斯泰《复活》一书的四福音书正面结论，但我们晓得，小说史上已成定论地把这个一厢情愿的单薄结尾，当伟大托尔斯泰的典型败笔。

格林小说中的基督教成分较深，这是他小说的询问使然，令人想到陀思妥耶夫斯基。

就二十世纪小说书写的“标准规格”来看，格林小说的询问总是“过大”的，这不仅起自问题本身，更起自于问问题的方式——我们且不论格林那些放开手写革命、写政变、写战争和各政治势力交错纵横的大小说如《喜剧演员》如《安静的美国人》，即便是现代主义意味较浓郁、专注于深层人心探问的小说，格林也从不相信人心就可从此封闭起来，灵魂可以用显微镜的盖玻璃般盖住专心瞪视。对格林而言，人心和灵魂，固然被本能、记忆和幽微的潜意识所制约所驱动，被细微无尽的偶然所渗透所诱引，它同时也浸泡在开放世界的大波大浪里浮沉漂流。人自身的抉择、决定和行动是有意义的，人自身的情感、理性和他所奋力寻找守护的价值信仰，并不是幻觉，也不是完全派生的，更不可以只化约成某种心理状态或某种心理纠结的小点，用小说书写的语言来说，格林的询问是叙事的、写实的，而不是现代主义式的。

说格林是写实的、叙事的小说家，问题马上就有了豁然的意思明亮开来——我们晓得，雄强行于百年前欧洲的写实小说，大叙事小说，从来都是“最大”的小说，负责问“最大”的问题；而且它还是书写者最充分介入、书写者最言志的小说（也因此，它还是最左翼、最革命、最政治的，这导致了百年后的今天，写实的、叙事的小说在通常政治、经济发展程度落后的新小说国度，仍充满书写的魅力，这吸引力与其讲是小说专业技艺的，不如说是现实社会整体的，我们从加西亚·马尔克斯、从昆德拉，乃至于当前台湾最好的书写者小说中或人身上，都可看到这不衰的驱动力量和实践，这个问题有机会再谈），大问题大志向逼使小说上升到概念的语言层次，像《战争与和平》，像《罪与罚》云云，甚至直接在书名就大方标示出来，但小说底层的实物实事，充分赋予如此概念语言丰硕的内容、颜色和气味，在现实土壤打入牢靠的铆钉，不会让如此概念语言真成为抽象的符号，断线飞走。

因此，奇特的不是格林小说深浓的基督教成分（陀思妥耶夫斯基和福克纳也是这种程度），不是格林的好用概念性语言，真正奇怪的毋宁是，格林何以回归百年之前历史的小说书写方式——大叙事小说在欧陆的消失，自有其历史真实理由和线索，对欧洲人而言，除了文学理由的大题材前代之人已然写尽，以及社会改良理由的大问题已然搞定（欧洲早已不革命了）而外，更深沉的悲哀极可能是某种真实受挫经验的发现，不是没大问题，而是大问题改以诸多琐碎的形式结成无边无垠的网络存在，没有焦点，没有可牵动整体的关键（如一个暴君、一个错误决策），具体的特殊事物和普遍的总体之间于是丧失了联系，不再好描述，更没有撼动的使力点，小说家越发受困于自身的职业身份之中，外头世界不是不能写，而是不可信，更是没意义。

明知故犯的罪

斯高比的定向炼狱该说是宿命的必然？还是他一个人的抉择以及软弱呢？这趟沉沦之旅起因于露易丝执意迁居南非所需要的两百英镑船资，而首先被凿开的缺口却是斯高比对葡萄牙籍船长的心软放行——胖船长藏了一封给远地女儿的信，违反了通讯管制，斯高比的诚实，由此像被打开的糖果罐子一般（我们都知道，一旦打开之后不会只拿一颗的，怎么自我发誓都没用），沉沦，便以如此温柔的方式开始，并一直维持到终点。

格林习用笼统性的大概念语言，但他纤细敏感的现实神经末梢，却一再察觉概念框架和人生真实细节的永恒紧张关系，由此反倒成为他小说经常性的思索焦点和主题。在《恋情的终结》中，小说家墨瑞斯发现他为了爱人得倾尽全力和上帝对抗；而在这部《问题的核心》中，斯高比却因为爱上帝（兰克神父之语，不是狂热宗教信徒的爱，而是人生温柔的爱）而选择了犯下上帝的罪和永世沉沦——斯高比一长串且连锁反应的“罪行”，几乎囊括着半个十诫，包括渎职、欺骗、通奸、谋杀（以暧昧的共犯形式害死了仆人阿里），以及最终的自杀（谋杀上帝所给予的生命）。

这串温柔的罪行，对于本来就几近一无所求的斯高比来说，绝少有自利的理由，反倒是对于周遭人们一种质地真实的悲悯和责任使然，甚至清晰指向更高尚也更素朴价值的寻求和护持。他同情葡萄牙船长，他对热爱淡去的妻子更心疼，努力想让她去南非过她以为较好的日子；他信任仆人阿里并视之待之如亲人；他看到后来的情妇海伦经历船难漂流上岸的可怜丑陋模样、昏迷中双手还紧紧抱一本集邮簿而动容；他像个人一样对待人人嫌恶避之不及的狡猾叙利亚杂货商尤塞夫；他对负责窥探他、调查他并因爱上他妻子露易丝而公报私仇的威尔逊也了无恨意。

书中，斯高比和尤塞夫的几次深夜谋面对谈，都是极好的片段，斯高比的正直待之和尤塞夫的处心积虑，在你知我知的世故话语交锋中深孕风雷；而更漂亮的可能是威尔逊因妒恨攻心而崩溃，泪流满面公开指控斯高比背叛露易丝并贪渎包庇尤塞夫，斯高比冷静温和回应他那段描述。

这很难是狭义宗教的，在封闭的宗教世界中，基本上，上帝一边魔鬼一边，善与善结成同盟，对抗恶与恶的同盟，其间，倒也不是全无察觉善与善之间、价值与价值之间的现实矛盾和必要抉择，但对于立身于万事万物制高点的上帝而言，没什么不可简单调停的，也没什么委屈是不可予以补偿的，因为最终会有公正清算这一切的末日审判——末日审判是宗教一个极赖皮但很有效的发明，它把所有当下无能算清楚或懒得算清楚的烂账全推到未来无穷远处，解除了所有思维矛盾的紧张，但它也不得不成为宗教粗暴的倚仗、懒惰和残酷的根源（懒惰和残酷，经常互为表里），什么事都可以做了再说，反正上帝日后会负责埋单。

这也很不同于海耶克等一干聪明哲人所殷殷提醒我们的“通往地狱之路往往是善意铺成的”云云，因为这种典型的错误系来自人的轻率、激情和无知，但斯高比不是这样，他理性且脑子清清楚楚，每一步都知道自己在做什么，也了解每一个错误的可能严重后果，他是明知故犯，有着一定程序的犹豫、委屈和迷惑，但奇怪也生出某种莫名的光荣，“他要犯的罪给他一种庄严神圣的感觉，这种感觉笼罩着他，几乎使他觉得像浸沉在幸福里似的。终于要付诸行动了；他以前胡乱摸索、得过且过的日子太长了。”——这段话是斯高比细心筹划他永生沉沦的最后大罪（自杀）决定性那一刻所想的，他走向的是教堂，和上帝进行最后一次对话，但他真正赶赴的却是炼狱。

永恒的迷惑之乡

斯高比的炼狱可能是何模样？小说中，是弥撒仪式中圣体（无酵的薄饼）的滋味，“他的舌尖上有一股淡而无味的感觉，那是永世惩罚的味道”。

这让我想到但丁《神曲》中的一处所在，地狱的第一层，但丁这趟上天入地巡礼的首站，这里倒没有我们所熟知折磨罪人的刀剑烈火或冰风，而是没有光明没有答案没有真理，一个被遗弃的淡而无味地方，永恒的迷惑之乡。

这是用来处罚谁的呢？大致就是苏格拉底、柏拉图、亚里士多德等一干倒霉的哲人，一半因为他们不运，不该生在一个不对的时间和空间，早于耶稣，又不在近东，从而没机会认得耶和华为唯一真神，遂在一开始的资格审查就不符，丧失进天堂的机会；另一半则是他们的自作孽，因为他们对知识的不餍足之心，又不晓得真理只在上帝的光照之下显现，于是他们寻寻觅觅、无助漂荡于没边没垠的思维大海之中，对智识的骄傲（他们宗教者惯称这个叫骄傲），造成他们永远迷茫的折磨，或更正确地说，这个思维正就是折磨本身，除此之外，上帝并不加以额外的刑罚——从这处所在的发明，我们可看出但丁作为诗人的敏锐，以及作为宗教虔信者的情非得已，他当然不能让这群了不起的哲人下地狱，又不能上天堂，因此只有找出这一个近乎违建的“夹层”好安置这些人，得其所哉地让这些人一如生前地永远思索困惑下去。

我个人真是个没大志气的人，我年轻时读《神曲》，一眼就相中这个地方，一见如故，以为是我所知道人死后最高贵的一处所在，如果人死后有知且可以选择，我真心希望住这里，这里有最多我尊敬并且相信的人，一点也不想上到云端去听耶稣在圣殿中为地上万民喃喃祷告。

在这里，大概也会碰到斯高比。“即使他能够预见一切将要发生的事，他仍然会这样许诺她。他心中始终有准备，要承担自己行动的一切后果，而且自从他暗自发誓要使她幸福以后，他隐约知道自己的行动会把他带到什么地步。绝望是替自己定下一个万难达到的目标所必须付出的代价。有人说，这是不赦之罪，但一个堕落或邪恶的人永远不会犯这种罪，他总是怀着希望，从来不认为自己彻底失败而落到沮丧、绝望的冰点。只有心地善良的人才有力量永远背负着这受到永世惩罚的重担。”

绝望是替自己定下一个万难达到的目标所必须付出的代价。就最是在这里，斯高比，或说奉他为名的这部小说，超越了画地自限的宗教——超越了神，柔和婉转地回到人身上。

也在这里，斯高比不再只是可同情的特例，而回到了人类思维、抉择、行动的普遍意义上来——我们尝问炼狱之旅一步步的必然，对小说中人来说，只有斯高比一人有效。露易丝不会掉落下去，海伦不会，威尔逊也不会，尤塞夫更不会，事实上，在斯高比死后，他们所有人也仍好端端活着，甚至活得更轻快，顶多有两分模模糊糊的恍如隔世之感而已。

爱神，或别这么恶心，说被神挑中被神拣选，究竟是权利还是义务？是从此喜悦充满还是一个更艰困任务的开始？对成形的狭义宗教而言，答案是前者。宗教招揽信众扩张势力，形式上很像而且越来越像某种商业性机构、团体、俱乐部招收会员，总要依市场竞争法则并附带“好还要更好”的优惠条件，从遥远的天堂位置到当下伸手可及的今生用不完喜悦，它取消问题，中止困惑，快乐的赞颂，绕口令似的经文朗读加抽象教义传授交换心得，这不是真的用来想的，而是善意催眠，像心理医生对付病人那样。

宗教成形之日，思维停顿之时。

但曾经，对素朴思维意义的寻道者而言，事情并不是这样子的，他们原本走的，是一道更试炼更困惑且毫无胜利保证的长路，最原初的寻道之人，不管他是释迦牟尼或耶稣，他们都曾经只是现在仍住永恒迷惑之乡罪人中的一员，而且毋宁更自苦更热切也更“骄傲”（但不见得更聪明）——我们看《旧约》，还质朴不文地留存着这个更沉重的责任记忆，比方说《阿摩司书》三章二节，上帝当时说的是，“在地上万族中，我只认识你们；因此，我必追讨你们的一切罪孽。”在那个有志气的时代，被神认得并登录在册，犹如列管，是要倒大霉了而非享受福利。

而在这个没志气的时代，仍会留存着古道照颜色的有志气之人，他们不会耽于温煦的炉火边把自己熏得昏昏欲睡，他们休息片刻便又会抖擞全身出门去，清操厉冰雪，像他们最原初的导师一般——马克思曾说：“我不是一个马克思主义者。”同样的，释迦牟尼或耶稣若来得及，也一定会说我不是个基督教徒，不是个佛教徒。

静静的退场

斯高比最终极的不可赦大罪，是天主教义的自杀，伴随着一个精心制作的小罪，说谎——这回，他在自己最后从不可能说谎的日记上动了手脚，伪装成心绞痛死去，交出最后一块诚实的净土，一无所有，如《圣经》中捐出仅有两个小钱的寡妇，令人动容。

斯高比要糊弄的不是神，神，不管作为宗教意义的全知者或作为人心的良知声音，都是不受骗的，斯高比要骗的是人——骗保险公司，让露易丝拿到钱，骗包括露易丝在内的所有人，以便他的死亡不会在天主教会统治的当地社会成为轩然大事，斯高比要静静退走，轻轻从每个人的记忆和良知中抹消掉，他从一开始就不要干扰任何人。

狡狯但极其温柔的死亡——但老实说他多虑了，人人比他坚强。

可是斯高比还是留下了痕迹。他在海伦那张被他琴酒污损而成两人情感象征物的邮票上不无悲愤地写下“我爱你”三字，这里，格林总算为斯高比留下一点东西了，最后一念的凋零残存爱情。

没有猫，但依稀还听到冬季夜里蟋蟀的温柔声音。

但更好更温柔的片段可能是船难后、海伦手抱集邮簿登岸之后的一幕，随此次船难上岸的顶多六岁的小女孩毕竟不支死亡，回光中，小女孩误喊斯高比爸爸，斯高比也像父亲般走到她床边，用手帕折成一只小兔子，让小兔子脑袋的影子就落她身旁枕头上——

“这是你的小兔，”他说，“让它跟你一起睡吧。它会待在你身旁直到你睡着。睡吧。”汗珠从他的脸上流下来，他的嘴尝到了和眼泪一般的咸味。“睡吧。”他让小兔的耳朵上上下下地动着，动着。

过了一会儿，他听见包尔斯太太站在他身后低声说：“别弄那个了，”她的语气很严厉，“孩子已经死了。”

唯物者本雅明

负责翻译这部《发达资本主义时代的抒情诗人》的张旭东先生，本来就是一位很好的学者，这里，他除了译成本文之外，还慷慨“附赠”了一篇辞义兼美的译序《本雅明的意义》，帮我们解读神奇的本雅明其人及其著作，有了张旭东先生这篇文字在后面押着，我们此番的伴读任务遂当场轻松起来，可任意而行。

基本上我们只谈一点，有关本雅明的“唯物”。

但首先本雅明这个人还是得介绍一下，这包括容易的和困难的部分——容易的是他的生平大事记，只因为这真的是个悲剧的、短暂的而且乏善可陈的现实失败人生。本雅明一八九二年七月十五日出生于德国柏林，而在四十八年之后的一九四〇年九月二十六日，因着躲避盖世太保的迫害，逃至法国、西班牙边界，日暮途穷自杀身亡，对种族的、极右的法西斯而言，本雅明至少有两个不值得活下去的理由，其一他是犹太人，另一他是马克思的、左翼的学者。至于困难部分则是他的最终历史身份归属问题，尤其是这位活着时不运、不为世人所知所理睬的奇怪读书人，他那些神秘难懂的、零散不可能归类的、毋宁最像他自己说卡夫卡“就像一个人爬到沉船的顶端随着船骸漂流，他在那里有一个机会发出求救信号”的身后遗稿，随着时间的水落石出，愈来愈证明真的像封存预言一般，对我们才逐渐明白过来的人的处境，有着惊人的洞见和启示力量，本雅明愈来愈清晰，愈来愈巨大重要，但我们却也愈来愈难妥适地定位他，除了今天连宗教者皆已禁锢不用久矣的返祖称谓“先知”而外，我们应该如何“正确”理解、辨识和归类本雅明的思维成果及其本人呢？

有趣的是，大概是因为这么困难，反倒发展出一套几乎是制式的，口诀般的本雅明介绍方式，你在任一篇任一部本雅明的介绍文字和书籍中，总会早早读到如此大同小异的段落——这里，我们挑用汉娜·阿伦特的，只因为这篇题名为《瓦尔特·本雅明：一八九二——一九四〇》的导言文字，是我个人迄今最读之动容的本雅明介绍文字：

> 为了在我们通常的参考框架中精确描述他的作品和他本人，人们也许会使用一连串的否定性陈述，诸如：他的学识是渊博的，但他不是学者；他研究的主题包括文本及其解释，但他不是语言学家；他曾被神学和宗教文本释义的神学原型

而不是宗教深深吸引，但他不是神学家，而且对《圣经》没什么兴趣；他天生是个作家，但他最大的野心是写一本完全由引文组成的著作；他是第一个翻译普鲁斯特（和佛朗兹·黑塞一道）和圣·琼·佩斯的德国人，而且在他翻译波德莱尔的《恶之花》之前，但他不是翻译家；他写书评，还写了大量关于在世或不在世作家的文章，但他不是文学批评家；他写过一本关于德国巴洛克的书，并留下数量庞大的关于十九世纪法国的未完成研究，但他不是历史学者，也不是文学家或其他的什么家，我将试着展示他那诗意的思考，但他既不是诗人，也不是思想家。

老天，他什么都不是，我们该怎么跟他人叙述他推介他呢？甚至，他该怎么填写履历表好找工作呢？

我们可以而且也很容易再三赞叹，这是一个多么完整多么自由的人的心灵，任何单一层面的概念身份都不足以分割他说明他局限他，但我们不可以不知道，在现实世界的光天化日之中，如此完整自由不会是个祝福，而是驻留不去的惩罚，只因为这不会是个对社会“有用的人”。

这个处境，或说这种选择的必然不利结果，本雅明自己当然是知道的而且一生知之甚详，就像在这部《发达资本主义时代的抒情诗人》书中他自己讲的：“他们或多或少过着一种朝不保夕的生活，处在一种反抗社会的低贱地位上。”也像汉娜·阿伦特说的：“毫无疑问，他赞同波德莱尔的话：对我来说，成为一个有用的人，是一件可憎的事。”

终本雅明四十八年短暂的一生，他唯一认真考虑过的社会“可辨识劳动”，是成为一个二手书商，而这个终究胎死腹中的伟大计划，以我们对本雅明买书藏书不管死活的疯狂行径理解，敷衍（尤其是敷衍一直资助他但不得不逼他自立的父亲）或假公济私的成分毋宁还多一点。也因此，他的人生处境如坠落的剑一般随年岁而直线趋劣，终至贫病交迫，汉娜·阿伦特所归结成的两大原因，本雅明自身的笨拙，和跟随他不去如“驼背小人”的坏运气，便只能是结构性的而非偶然，如影随形般始终和他的人生交织在一起，毕竟，人的机敏能干乃至于看似天外飞来的好运道，最终仍属社会性的，你逸出社会的正常网络之外，不被社会所登录所承认，跟没身份没住处没门牌号码一样，就算有什么好运道要寄送给你亦无从投递无法提领。

所以汉娜·阿伦特说：“如果没有等级划分，不把事物和人加以区分归类，没有一个社会能够正常运转。这一必要的划分是一切社会待遇差别的基础，而按当今的观点，差别作为社会领域的基本元素正如平等是政治的基本元素一样，与此相反的观点皆不堪一击。问题的关键在于社会中每个人都必须回答：他是‘什么’——这是从他是‘谁’这一问题而来的——他的角色是什么，他的作用是什么，并且它的答案肯定不能是：我是唯一的，独一无二的。不能这样回答的理由，不是因为这个回答隐含的傲慢，而是因为它毫无意识。”

宛如一纸商品清单的巴黎

这部《发达资本主义时代的抒情诗人》(亦即本书的第一部《波德莱尔笔下第二帝国的巴黎》此一部分),本雅明面向巴黎和波德莱尔,写于一九三七、三八年他思想最成熟的高原之时,是他最绵密最诗意也最言志的作品,更是人类思维长河中一个独特无伦的奇迹。

但基本上它却也是一篇“退稿”,奇怪的是,退他稿的并不是该死的资本主义,而是彼时已落跑到纽约的法兰克福社会研究所——没有错,正正是这个由霍克海默主持、成员包括阿多诺(彼时全世界寥寥识得本雅明才学的人之一)、日后成为新马克思批判理论起点的法兰克福社会研究所,本雅明在一九三四年正式成为该所的研究员,每月领五百法郎,这篇文字便是履行这个供稿义务,但却因“未达马克思主义”,只是“一堆资料”,只是“实用指涉”,而不成“理论建构”等等理由退回重写(依我个人意见,霍克海默等人的这些退稿理由都是真的,这正是本雅明和他们不同之处),重写的成果便是本书的第二部《论波德莱尔的几个主题》,本雅明本人的感受是,他得很痛苦地去适应一种“平庸的,甚至土气的哲学阐述方法”。

因此,作为一个完整的人的孤独、的必然被遗弃。本雅明不仅是资本主义的商品拜物教的异教徒,他同时也会是泛马克思世俗宗教的异教徒,两方建构自身秩序时都不会登录他。

而这部《发达资本主义时代的抒情诗人》同时也是本雅明

被战争和死亡打断、来不及作成的大研究计划的一小部分，那就是本雅明著名的“巴黎拱廊街研究”，这个大计划大致始于一九二七年他从苏俄归来之后、仍居于柏林之时，至一九三三年纳粹当权，他辗转流亡至巴黎安居而达到高峰并终身浸泡其中，某种意义而言，我们甚至可以说正是这个研究计划、这个同时呈现着资本主义最辉煌和最废墟形式的巴黎害死了本雅明。

什么是拱廊街？大体上就像今天我们东邻日本几乎每一座像样城市都有的商店街一般（如京都的寺町京极、新京极），在市街上方加设了拱形的露天内廊，好隔绝风雪雨水，以至于“天空看起来就像覆盖在上面的壮丽天顶”，于是，拱廊街既是室外，又是室内；既是商店，又是资本主义展示自身的博物馆，更是幻象错觉下的美好家居之地，不同的生活领域在此接壤、重叠并彼此试探，各种概念如冷暖洋流在此汇合，生态丰硕，当然也包括众多的浮游生物，那就是 flâneur，游手好闲者，“所以从第二帝国起，巴黎就成了所有那些不为生计奔忙，不谋求职业，不想达到什么目的的人的天堂——波希米亚人的天堂，这些人不仅包括艺术家和作家，还包括所有那些流离失所、没有地位、无法被政治和社会整合的人。”

本雅明的研究，便以此拱廊街为地标暨漫游的起点。这个最终只有三篇论文但却留下大量碎片般笔记的庞然思维工作，完全不是我们所知那种有限抽象概念的历史论述或哲学论述，而是——而什么也不可能是，只能说是纯本雅明式的，这里，我们把后人根据本雅明笔记整理成的厚达九百页的资料目次抄一遍（辗转抄自刘北成的《本雅明思想肖像》），欢迎大家惊叹、想象并感同身受本雅明的如此意图，并再再痛恨本雅明的早逝——

A. 拱廊街 · 时新服饰商店 · 店员

B. 时尚

C. 古老的巴黎 · 地下墓穴 · 破坏 · 巴黎的衰落

D. 沉闷 · 周而复始

E. 奥斯曼化 · 街垒战

F. 钢铁建筑

G. 各种展示 · 广告 · 格兰维尔

H. 收藏家

I. 居家 · 痕迹

J. 波德莱尔

K. 梦幻城市和梦幻住宅 · 未来之梦 · 人类虚无主义

L. 梦幻住宅 · 展览馆 · 室内喷泉

M. 游手好闲者

N. 知识理论 · 进步理论

O. 卖淫 · 赌博

P. 巴黎的街道

Q. 回转全景

R. 镜子

S. 绘画 · 青春艺术风格 · 创新

T. 各种照明

U. 圣西门 · 铁路

V. 密谋 · 手工业行会

W. 傅里叶

X. 马克思

Y. 照相术

Z. 玩偶 · 机器人

a. 社会运动

b. 杜米埃

c. ……

d. 文学史 · 雨果

e. ……

f. ……

g. 股票交易所 · 商业史

h. ……

i. 复制技术 · 石印术

j. 公社

k. 塞纳河 · 老巴黎

l. 闲散游情

m. ……

n. ……

o. 人类学唯物主义 · 宗派史

p. 综合工科学校

这不像一纸研究工作的目次，毋宁更像点货的商品清单，如此具象（具体的物、空间、人乃至事件），如此没秩序，但却诡异浮出一个熠熠发亮的真实巴黎来——一个具体坚实的巴黎为核心，巴黎自身的诸多历史、隐喻、随想、梦境乃至于命运环绕此一核心为流动变幻的光晕，一定要说它像什么，我只能说它最像巴黎自身的《追忆似水年华》，把普鲁斯特直接替换成巴黎的更大一本《追忆似水年华》，也是巴黎面向过去、被推进未来的《追忆似水年华》。

彻底的唯物之人

几年前，有一位诺贝尔奖级的美国经济学者到台湾一游，被记者堵到询问是否为了研究台湾经济而来，我很记得该经济学者的回答是，不，只是度假，要研究台湾经济根本不必来，待在美国的研究室更方便、资料更齐全。

这是真话，因此法兰克福成员搬到日内瓦再辗转纽约并无伤，然而，文学家，尤其是第一线的创作者如诗人小说家，却很难这样只靠间接冰冷的资料和意义提炼完成抽象的概念工作，他通常得顽强地杵在第一现场，脚踩真实的土地，手中掂量着如假包换的沉沉实物，这里，就连重量、色泽和气味都不是抽象的，而是具体的；不是概念的，而是和实物不分割的真实存在。

基本上，文学创作者的思考单位是实物，相对于学术的研究者是概念——从这个角度看，难以归类的本雅明的确是有一个无法更替的创作者灵魂，我相信这实物的、创作的本质才是他一切奇怪诗意的真正根源，他感兴趣的巴黎是实体的、不能移动不可携带的巴黎，他不能离开。即使深知战争逼进并不安全也只能心存侥幸，毕竟，对此巴黎的研究是他的“国家大计”（套用他调笑波德莱尔的用语），因此，他得一再失信于领人家津贴多时的耶路撒冷大学，一再拖延移居巴勒斯坦的必要准备工作，他到“二次大战”开打前夕的一九三八年还跟霍克海默说“我是在和战争赛跑”、和阿多诺说“在欧洲还有一些阵地需要保卫”，最终，巴黎遂不得不成为他发出最后求救讯号的沉船桅杆位置。

我们说“实体的巴黎”极可能有严重的语病，好像巴黎是一个单一的、绵密完整的大个体，但本雅明的世界图像不是这样的粗疏宏观模样，毋宁如他笔记所揭示那般，由诸多碎片般的细小实体所堆叠而成（本雅明式的废墟构成基本图式？），因此，这就不可能是个均匀的、平滑的、首尾概念一贯的整体，而是在单子般的顽强实体之间，处处留着不连续的隙缝，其间的联系是局部的、却又是复数形式的，因此，总存在着不确定性和一时一地的现实脆弱性，预告了瓦解——这是现实图像，而不是概念图像；是众多商品琳琅并呈如杂货铺子的巴黎，而不是机器构造般的巴黎。

事实上，本雅明本身的书写也是长这副模样——其中最清晰的例子之一就是他题献苏俄爱人同志阿莎亚·拉西斯的《单向街》，珠串般由六十篇随感、格言组合而成；他的文字往往

“每一句都像重新起头”一般，以至于就连每个句子都像各自独立的浑然实体；他终身热爱格言收藏格言并引用格言，对这些“思想断片”视之待之说之如同一个个完整的生命一般（“我作品中的引文就像路边的强盗，发起武装袭击，把一个游手好闲的人从桎梏中解救出来”），而众所周知的，本雅明的人生终极野望便是完成一部从头到尾由引文组成的著作。

追其根究其柢，这不仅源于诗人本质的本雅明，更源于唯物的本雅明——本雅明是彻头彻尾的唯物者，和他相比，从上一代的马克思、恩格斯、列宁以降，到跟他同代法兰克福学派这些唯物主义同志，全成了唯心主义者，或更准确些如萨特说的，唯物主义只是那些羞于唯心主义的人的唯心主义。

马克思的“物”，基本上是个概念，还不能称之为“物质”，这太物理了，而是“经济”，作为历史理论必要的分析暨演绎的总体经济；至于本雅明的“物”，则是“东西”，种类千千万万不及备载——他们在“唯物”这个点上相遇，也在这个点上分离。

无用之物／无用之人

有时候，读一位作者最边缘、最失败的作品是很有趣的，我们往往最能由此看清楚他的边界、他的限制和他真正的苦恼——对本雅明来说，这本书就是《莫斯科日记》。

这本日记如今日命名所显示的，记录的是一九二六年十二月六日起至一九二七年二月一日的莫斯科之行，是本雅明留给我们最没“灵韵（aura）”的文字——即使是私人日记原来没要发表，即使下班后不谈公事，但合理来说，以本雅明这样一个人，在那样一个年代，进入到苏俄这么一个国家，无论吉凶休咎，怎么说都应该是动人的大事才对，而且依据资料，本雅明此行除了主要目的追求阿莎亚·拉西斯之外，尚有替报社记行供稿的小任务，以及要不要就加入共产党甚至不回头从此定居苏联的人生大决定，然而，也许是这个从气候、体制到街景皆酷冷的国家让本雅明实在提不起劲来，整整两个月时间，我们看到的本雅明要说是深度忧郁，不如讲是昏昏欲睡，唯一可令他精神一振的，除了阿莎亚·拉西斯的偶然现身（彼时她在精神病院接受治疗），便是本雅明自己的购物时刻了。

终本雅明一生，他说好听是收藏家，说难听是购物狂恋物癖者，收集的主要是书，另外就是一些小东西小玩意儿，比方说玩具、邮票、带图的明信片或甚至那种骗小孩的、一摇动就大雪纷飞的玻璃球内冬景云云，尤其对愈细小的东西愈有某种古怪的依恋甚至崇拜之情，这个形象执迷不悟地叠合在他不事生产的拮据边缘人身份上，形成一副发达资本主义时代的不知死活没落贵族败家子模样，偏偏，他又同时还是个所谓的马克思理论学者。

对此，不论有多少借口的成分，本雅明的确有一番动人而且诗意十足的论述，比方说，他那些拼老命买来、竞标来的书，并不一定非读不可（本雅明曾坦承读不到十分之一的比例，“难道你每天都用你的塞弗勒瓷器吗？”）更不加以分类收藏，而是自然的置放，只因为，恰恰是这样的无用和不参与秩序，才是这些书的解放，让这些书取回了完整的自身——汉娜·阿伦特的解说是："一个收藏物只有一种非专业的价值，没有任何使用价值……而且由于收藏活动能够集中于任何类型的物品（不仅仅是艺术品。艺术品总是能够脱离日常的有用物品的世界，因为它们没有任何用途），因而也就拯救了物品，因为它不再是实现某种目的的手段，而是具有内在的价值。本雅明因而能够把收藏热情理解为一种近似于革命热情的态度……收藏是物品的拯救，也是对人的拯救的补充。"

收藏是物品的拯救，也是对人的拯救的补充（老实说，就本雅明，我很怀疑阿伦特所揭示的这个顺序，我比较相信本雅明对人的拯救，是包含于物之拯救之中而已），这里，我们倒回来把物再易回为人，便成为——把人从分类秩序中（如市场）分离出来，让他不再只是使用价值，或甚至只是交易价格，从而让人恢复了人的完整尊严及其价值，这便是我们在这部《发达资本主义时代的抒情诗人》书中屡屡见到的救赎论述。

也正是在这里，我们再清晰不过地听见了"远方的雷声"——这就是马克思著名的商品拜物教严正控诉，资本主义的市场机制之中，并不存在"人"这个单位，人只是一个劳动力（即资本主义认为他的有用部分），而劳动力又只得以单纯的商品形式参与市场，其价格（即资本主义的价值丈量）乃至于存废亦只由市场供需所决定，这种人不再成其为人、只是商品的可怖处境，是资本主义市场机制的终极之恶。

然而，我们也很容易发现，如此“物／人”的替换所必然显现的忧郁缺口，心思细密的本雅明不可能不察觉出来——收藏家将物品由市场中分离出来，让这些“无用之物”置于他的关怀之下，恢复了它的自由，然而，人从市场中分离出来，成为“无用之人”，他却只能得到一种被遗弃的完整，一种从此朝不保夕的自由，只因为在这些无用之人上头，并不存在一个“人的收藏家”，或者更准确地说，在当下的资本主义社会中并不存在，曾经多少扮演如此收藏家角色的国王、贵族和僧侣云云，已随资本主义的发达永远失去了。

这里，我们多少看到了本雅明忧郁地望向过去，而马克思则兴高采烈地注视未来，他们在此交会，但却像古罗马的两面神杰努斯一般，本雅明的面容苍老，而马克思则年轻。

多出来的东西

日本的动画奇才宫崎骏，在他最好的作品《千与千寻》中，描写了一个有趣的劳动者关系及其图像——误入不思议之国的少女荻野千寻，为了不让自己变成猪（不工作就变成猪的宫崎骏左翼基本信念），而冒死找上开设汤屋（供各方神明到此泡浴的大澡堂）的魔女汤婆婆处要求工作，但签工作合约时，汤婆婆却嫌她名字荻野千寻四个字太浪费了，遂没收了其中四分之三，只保留一个“千”字给她，以此作为她的职场称谓。而影片中的自我救赎之道，便是牢牢记住或重新记起自己的全名，这才能真正恢复本来的自己，从汤婆婆的控制中逸脱出来。

最终，让千寻想起自己名字的，是一张卡片上的温柔问候称谓，那是她此番搬家时同学赠别她花束所附的卡片——只是，宫崎骏可能疏忽了，人的姓名称谓，本来就是局部性片面性的，命名，根本上仍是一种社会行为，仍是一种分类。

这种只剩四分之一自己，好方便进入职场、团体、社会的类似真实处境，其实一直是我们所熟悉的，熟悉到可能已不再警觉的处境。一方面，我们每个人总同时拥有一大串不同的局部性身份及其称谓，如同携带一大串沉甸甸的大大小小钥匙在身一般（比方说，男性、父亲、儿子、出版社职员、台大历史系校友、勇敢正直不怕死的台湾人云云）；而面对每一个不同身份要求的团体时，我们亦不时察觉，我们好像一直拥有某些多余的能力，多余的心思，多余的信念和价值认定。有这些多出来的东西在身不是祝福，相反地，它们往往如违禁品般招来从讪笑到毁灭的各种危险，通常，你就算不抛掉它割除它，至少也得小心收藏好不要被发现，别奢望有哪种社会哪个团体会欣赏它，一个社会的开放禁制与否的光谱，只从处罚到容忍罢了。容忍，已是开放社会的最大宽容了。

因此，本雅明说需要“内在世界”，需要“室内”，需要一个不被分类秩序要求公共领域所侵入的收藏空间，好置放那些“多出来”的自己，以及和自己同舟一命的收集回来、拯救回来的无用之物。这里，本雅明反倒更接近以赛亚·伯林的“消极自由”私密空间建构，以赛亚·伯林以为自由的真正精义和绝不可让渡的界线就在这里。

是资本主义使人丧失作为人的完整性吗？马克思的答案是肯定的，因此结论是集体性的革命，遂行去除资本主义的一次解放，本雅明在这部《发达资本主义时代的抒情诗人》书中也说是的，但他和马克思不一致的地方在于，他的肯定大致只局限于当下经验的西欧，只对眼前由资本主义建构社会秩序的西欧社会才有效，当然，透过亚当·斯密市场机制“看不见的手”的穿透力，资本秩序的确将社会秩序推高并简单化到一个空前的高峰，从而对人公领域的回身空间和私领域的界限抵御也就更具控制力破坏力，因此更增添了末日逼临的迫切感。然而，秩序的建构由来已久，既不由资本主义而起，你也就难以希冀会因资本主义消亡而终，由此，本雅明的救赎暧昧难言，去除不掉无政府的氛围，又不乏个别性私密性，既不方便押在一次革命行动上头，更无法就此放心革命之后的“马克思天国”自动到来。

其实，不由人的“物化”处境出发，而由事物的完整性出发，事情就有昭然若揭的意思了：物的问题，不会是物的“物化”（正如人不会死得更死一样），而是其完整性的浑圆多层次多意义，有着单子式的独特和断裂，对任何秩序而言，它都太“巨大”太复杂了，秩序要吞噬它，只能是它的一部分，因此就得先肢解它，将它抽空成“一个”“一层”概念——也因此，我们之前才会对汉娜·阿伦特“物的拯救是人的拯救的补充”此一概念顺序这么计较，本雅明不是仁民而爱物，他倒过来，是由物而及人，人的完整性只是更普遍事物完整性的一环的合理且必然推论。本雅明不是个人道主义者，便连马克思那样以人为主体的唯物论者都不是，他的人文其实正是事物实体才具备的感性色泽，他毋宁更接近物的收集者鉴赏者守护者，由此向背后联系着古老精致的贵族世界，以及更古老神秘的犹太教世界，却被历史的毁灭性暴风推进到马克思那儿去。

当然，我猜阿莎亚·拉西斯亦助了一推之力——这种因为要追国乐社的漂亮女生，只好跟着学拉南胡的行径，其实是很平常、很可思议的。

身后之名

但本雅明和马克思的相遇终究只是历史惊心动魄的偶然，他们像交叉于这一路上的两条直线，去向不同，来历也不同。

阿多诺曾说，本雅明的多数独创观点，系得自于他那种显微镜式的观察——很清楚，显微镜是现象的、实物的观察方式，完全不同于马克思那种宏伟的、历史巨斧的抽象概念分析思考方式。

本雅明自己也曾引犹太经文自喻，说他的作品每一段都有四十九层意义——我们也知道，抽象概念的意义基本上只有明明白白的那一层，只有具有真实厚度之实物，才可能包含这样丰盈这样分歧不确定的暧昧意义。

本雅明更早在一九二五年的《德国悲剧的起源》论文中，就清楚显示了他对那种抽象符号化的、非时间的、如数学函数般一对一那样意义明确简单的所谓“象征”的不安，他所揭示的“讽喻”，抓回具象的语言和真实的时间，让历史“物质化”，成为垂死的实体废墟而不是一个毁灭的概念。

凡此种种。于是，本雅明这部《发达资本主义时代的抒情诗人》之不被法兰克福学派所接受，便半点也不奇怪了，这当然不单纯是资本主义的问题如马克思思想的那样，完整且暧昧的本雅明，对左翼的思维秩序而言，一样是太浑圆太巨大，有太多多余而且不安全的东西存在（因此他若生于苏俄活于苏俄的下场大概也不会好到哪里去），也恰恰是法兰克福学派的反应，才更让我们确定，本雅明这样超越左右、扞格于一切秩序的永恒被遗弃命运。

他唯一能拥有的，便只能是身后的声名，这是汉娜·阿伦特的结论——只因为“他们的作品既不适合现存秩序，也不预示着某一适合于未来划分标准的新类型”，麻烦的是，一直到今天我们依然不晓得如何称呼他介绍他，他仍然只能是那个什么也不是的本雅明。

契诃夫，一双最干净的小说眼睛

“死吧，丹尼司；你再也写不出更好的东西来了。”

相传，这是昔日的俄国波乔木公爵对剧作家冯维辛的无上赞语，时为一八七二年，系《纨绔少年》一剧初次公演——契诃夫用过这句话这个掌故，在他的小说《姚尼奇》中。当然，戏谑成性好开玩笑的契诃夫不会正经使用，小说中，是拿来不当赞誉一位戴夹鼻眼镜、爱写小说而且更爱对客人朗诵自己小说（多可怕的嗜好）的小省城贵妇人薇拉·姚西沃芙，因此，这句险奇的赞语遂又回归成我们熟悉的俚俗意思，那就是“你去死吧——”。

然而，这样的赞语若用在托尔斯泰的《战争与和平》或《安娜·卡列尼娜》写成之时，用在陀思妥耶夫斯基的《卡拉马佐夫兄弟们》写成之时，或许还堪称宜当，但你绝不会用在契诃夫和他任一篇小说上头，因为明显地不恰当，而且徒增感伤。

感伤，是因为契诃夫真的死得太早了，才四十四岁，死于他由来已久的肺病（他二十三岁就开始咯血），这跟他太贫穷的出身、太贫穷的成长岁月有关。依我们对像他这样历史级小说家的归纳，也依我们对契诃夫其人、其小说的阅读理解，他显然还来不及写出“再也写不出更好东西”的“那篇”小说来。四十四岁，才是小说书写最快乐、最自由漫步于巅峰的开端，是小说家极目望远毫无阻拦的美好开端，往后我们应该可合理的预期还有二十年的时间，一种在创作思维高原之上淋漓奔跑的二十年，但死亡不当地阻止了契诃夫，这已经不是“可惜”一词所堪负荷的了。

但我们可能也得说，就算再多给契诃夫二十年，依他的才能和他一贯吓人的书写速度，我们手中一定会多出数百万字的美好作品，但非常可能还是找不出任一部可让我们嗟叹“你死吧——”云云的所谓生命代表之作，因为契诃夫的小说乐趣不在这里。从形式上来说，他的小说篇幅短小，最多只到中篇小说的长度，捕捉的通常是漫漫人生的一瞬一截，头尾两端则依然浸泡在广漠深厚的生命大海之中水波不兴，也就不会有日暮途穷的绝望感；从书写本质来看，契诃夫又太谦逊、太不自恋、太——该怎么说好——太自由而且该讲欢快还是顽皮，他的小说，即使在最悲惨无光的段落里，都还是有笑声传出来（永远有人“稍微认真地在笑”），或者戏谑，或者自嘲，或者就只是单纯地觉得有趣会心，伴随着契诃夫本人耐心且宽容（他一辈子如此）的温柔目光，所有非戏剧性不可地庄严伟大或悲壮总是这么被他笑掉，应声瓦解，因此凝聚不成某种雕像般刚硬的、截然的和寻常世界划清界限的封闭性作品来。契诃夫绝不吓唬我们，我们也不怕他，于是我们也就不觉得自己渺小，像读托尔斯泰或陀思妥耶夫斯基那样。平等，遂使百年来读小说的人常常忘了要尊敬他。

契诃夫自己正是这么讲的，小说，本来就应该写得“没头没尾”。

这部《第六病室》，算是契诃夫最“有头有尾”的小说，也是契诃夫少数较沉重、较纯粹悲剧的作品，适合单独成书，尽管已是经典名作，而且一般以为标示着契诃夫小说书写的重大阶段性意义，但我们还是得说，这仍不足以代表契诃夫，真正契诃夫的美好系由他灿若满天繁星的全部小说组合而成，每一块碎片都闪亮，而唯有全体，我们才能得着契诃夫小说的真正意义。

有关《第六病室》

先简单来说一下《第六病室》。

《第六病室》正式发表于一八九二年十一月，作者当时才要满三十三岁。契诃夫自己如此淡淡地介绍这部小说：“小说里有许多议论，却缺乏恋爱的成分。小说中有含义，有开头，有结局，思想倾向是自由主义，篇幅是两个印张。”——在这段水波不兴的自我说明中，我们很容易发现彼时契诃夫个人极独特的小说书写处境及其“限制”。对于奇才异能之士辈出、人类小说史大概再不可能企及的十九世纪旧俄小说书写而言，的确有着诸多激烈激情的巨大风险存在，包括最显而易见的，彼时专制沙皇的苛厉检查制度，以及更令人畏怯的，因着找寻俄国明天出路的各式议论、各式未来臆想、各式意识形态所交织成的狂暴言论火网，这些契诃夫都一样得承受，但老实说这类较伟大的担忧对契诃夫毋宁是很奢侈的，至少是稍后才会发生的事。契诃夫从二十岁左右就得靠卖文维生，维自己，还要维持在莫斯科贫民住宅里的父母兄弟姊妹一大家子的生，也就是说在拯救俄罗斯祖国之前，他得先想办法赚卢布拯救自己和家人，他首先要通过的是登用他小说的访问幽默杂志编辑。这类编辑大人的要求很简单也很一致：小说要幽默、要吸引人，顶好有恋爱，更要紧的，一定要短，不得超出八十行、一百行什么的，按行计酬，每行五戈比云云——

伟大的旧俄小说家绝大多数是贵族地主，只有契诃夫是农奴之后，而且没很后，一直到他爷爷那一代才赎回自由身，但紧跟着，他父亲却经营小商店失败破产，全家避走莫斯科，留契诃夫一个十七岁的高中学生在家乡，不仅得自力更生，还要想法子挣钱寄莫斯科。

当然，写《第六病室》时的契诃夫基本上已脱困了，但如此为钱写作的记忆仍清晰，供他自嘲——这部曾被称为“整个俄国文学中最可怕的小说”的《第六病室》，故事十分简单，发生在某一城镇的某一小医院里，其中“第六病室”是监禁精神病患者的特别病房，遗世但不独立，由一位粗暴、动不动打人的退伍老兵看守（或说统治），受监禁的病患共五名，其中一个关键性的病人伊凡·德米特利奇·格罗莫夫患有被迫害妄想症，出身良好，之前是法院传达员和地方上的书记，二十三岁（和彼时的作家同龄）。此人脾气暴躁，言论尖利，他患病的起因系某个忧郁的秋天早晨目睹两名戴镣铐的犯人被四名兵士押送，忽然神经质地想到自由丧失的可怖，自己不也极可能被捕被关监狱里？“他知道他没犯过任何罪，而且可以保证将来也不会杀人、放火、偷窃，可是偶然间无意犯罪不是很容易吗？是啊，无怪乎人民历代的经验教导我们，谁也不能保证免于乞讨和牢狱之灾……”

陷于如此思维泥淖的格罗莫夫，最终因为又一桩找不到凶手的双尸命案，担心自己被认为凶手而正式发疯，送进第六病室。

另一面，则是医院的负责医生安德烈·叶菲梅奇。这是个好脾气、待人温和、有处世不争哲学的医生，他偶尔心血来潮巡视了这个被人遗弃的第六病室，被激愤的格罗莫夫所吸引，医生一方面同情他的处境，一方面也以为格罗莫夫是个可谈话的有意思对象，遂经常到第六病室找他聊天，这个不寻常的举动马上在医院、在整个城镇引发议论和猜疑，并很快传出叶菲梅奇医生也疯了的流言。

最终，叶菲梅奇医生被诱骗进入第六病室、当个精神病患禁锢起来，他愤怒抗议，却遭到老兵一阵毒打，不知道幸或不幸，叶菲梅奇医生很快地就此死去。

契诃夫说这部小说“有议论”，指的主要是医生和格罗莫夫的对话，医生所服膺的，大致上是从希腊时代斯多葛学派到当代俄国文学大豪托尔斯泰的处世哲学，某种准避世的、不求改变外在世界只求改变自身看待世界方式、让“自我感觉良好”的温驯哲学，就像医生苦口婆心地劝诫他满口怨言的病人一样，“您是个有思想和爱思考的人。在任何环境里您都可以保持内心的平静。那种极力要理解生活、自由而深入的思考，那种对人间的无谓纷扰的全然蔑视，这是两种幸福，人类从来没有领略过超越这两者的幸福。您哪怕在三道铁栅栏里生活，也能享受这样的幸福。第欧根尼住在木桶里，可是他比天下所有的皇帝都幸福。”“不。一个人对于寒冷，如同对于所有的痛苦一样，能够全无感觉。马可·奥勒留说：‘痛苦乃是一种生动的痛苦概念，如果你运用意志力改变这种概念，丢开它，不再诉苦，痛苦自会消散。’这话是中肯的。大圣大贤或者单纯有思想和爱思索的人，其所以与众不同，恰恰就在于蔑视痛苦，他们永远心满意足，对任何事情都不感到惊讶。”

但这些劝诫马上引来伊凡·德米特利奇暴烈的回应——“我只知道上帝是用热血和神经把我创造出来的，是啊！人的机体组织如果是有生命的，我必然对一切刺激有反应。我就有反应！我用喊叫和泪水回应痛苦；用愤怒回应卑劣；用厌恶回应淫猥。依我看来，这才叫作生活。”“事实上，您并没见识过生活，完全不了解它，只在理论上认识现实生活……所有这些都是最适合俄国懒汉的哲学。”“在这里，我们被关在铁格窗里，长期幽禁，受尽折磨，然而这挺好，合情合理，因为这个病房和温暖舒适的书房之间没任何差别。好惬意的哲学：什么事也不干，良心却清清白白，觉得自己是个圣贤。”“您蔑视痛苦，可是您的手指头被房门夹了一下，恐怕您就要扯开嗓门大叫起来了！”这部小说“有结局”，所谓的结局不是医生和病患谁说服谁，而是主张蔑视痛苦的叶菲梅奇医生果然“手指头被房门夹了一下”——最终，他被诱骗关入第六病室，他果然很快感到恐惧和绝望，想出去喝啤酒和吸烟，于是他扯开嗓门大叫要老兵放他出去，却换来一顿狠揍，拳脚加身果然也真的很痛，而且还让“反正人生不免一死”的死亡提前到来。如此有议论、有结局（结论）的《第六病室》，果然刊出后便普遍得到俄国“进步”知识分子的喝彩。长期以来，在契诃夫的书写光辉和契诃夫“不明确的思想主张”中心思悬挂着又钦慕又不满的人，至此总算稍稍放下心中大石，他们肯定小说中对自由和进步的揭示和肯定，他们赞誉契诃夫深刻而准确的写实力量，以为的确是彼时俄国遍在的、就是这样的现况描述，也有人（列斯科夫）看到其象征意义，认定这个封闭、粗暴而且肮脏简陋的第六病室，其实指的就是整个俄国。

待至今日我们回头看，最有意思的反应大致有三：一是托尔斯泰本人极激赏这部作品，而我们知道，小说中的叶菲梅奇医生正是典型的托尔斯泰主义者，日后的小说史，也普遍把这部小说视为契诃夫告别并嘲讽托尔斯泰主张的重大宣告（“托尔斯泰的哲学对我影响很大，主宰我大约六七年时间，但现在我改变了，我不再同意那种观点了。理智的事实告诉我，电流和蒸气比贞洁和吃素要蕴涵更多的人性和爱，虽然战争是罪恶，法庭也是罪恶，但这并不是玩，我必须和老农同工、同食、同宿。这不是赞成或反对的问题，事实上，托尔斯泰的理论已经行不通了。”——契诃夫，一八九四年）；一是日后苏俄的革命开创者列宁，他年轻岁月读了这部小说，他的妹妹记下了列宁的读后感：“昨天晚上我读完了这篇小说，觉得简直可怕极了，我没法再待房间里，我站起来，走了出去，我有这么一种感觉，好像我自己也被关在第六病室似的。”

最最有趣则应该算一八九五年斯卡比切夫斯基的相关评论文章，题名正是《契诃夫有理想吗？》——这篇评论作出肯定的结论，但如此摆明了的疑问，反而更是道尽一切。

然而，契诃夫的明确态度也就只能明确到此地步而已，停在某种毋宁是普遍性的“进步价值”之上，各种民粹派、西欧自由派的心急之人想再追问下去，也再没更多了。因此，在这些对于俄国未来有着各自一套准宗教性的、明白且排他主张的人眼中，契诃夫终究是个“缺乏中心思想”的可疑之人。

素材之美

读小说的人若循小说史的议论之路前进，很容易撞上一个巨大矛盾，尤其是读“人类最会写小说时代”的旧俄小说之时——专业的文学评论者总一开始就告诉我们，基本上，小说处理的是复杂矛盾的人生边际之事，并不擅长对单一性的议论发言，小说家通过独特的美学形式逼近人生和人心，他的揭示和发见总是全面的、完整的、启示性的，而不是单一结论，这是小说书写的ABC；然而，当这些议论者谈到个别小说家或个别作品时，却往往变得跟我们业余读者一样，追问单一议论，甚至找寻更单一性的结论和教训（找不到还会勃然大怒）。当然，鉴赏小说而非单一性议论小说是比较难的，要顺利将鉴赏的成果谈出来更难，因为鉴赏得以小说自身为主体，鉴赏者得真正进入它，进入它有着高度历史时空着色的特殊性细节中，而不能只仰仗议论者心中一两套既成的制式理论来涵盖。因此，诉诸鉴赏的理论文章不好写，议论者违背自己相信的小说ABC也是可理解甚至可同情的，但可理解、可同情并不代表不矛盾不犯错、不需要我们偶尔嘲笑他们一下。

我个人原来便是循此“议论之路”读旧俄小说的，因此，一直以来，我的安全顺序（既是排名顺序也是阅读顺序）总是托尔斯泰、陀思妥耶夫斯基，再来是屠格涅夫，然后才是契诃夫。前两者都是意志清晰、姿态强烈、滔滔于议论的“大小说家”，而柔弱、有自然主义倾向的屠格涅夫仍有诸如《父与子》《罗亭》这样力足引爆强烈议论的作品，只有契诃夫，仿佛风一样、空气一样自在存在着、又不涉入任何议题论争之中似的——昔日旧俄的读小说人因为心急祖国当下和立即的未来，想从小说中也找到明白的指引和结论，从而不耐于悠悠细节，和我们今天读小说既事过境迁且事不关己、从而懒怠于真实细节的欣赏摩挲，尽管处境不同心思不同，但其结果往往殊途同归，我们一样对契诃夫那种自由的、毋宁更是愉悦的珠玉般小说，有着“美丽但无用”的不知拿它如何是好的烦恼。

最早解开我这个嗟叹的，不是文学、小说的书斋议论者，而是两位实战派的小说家，一个是朱天心，另一个是张大春。朱天心偶尔跟我信口提到，她以为契诃夫极可能是比托尔斯泰更好的小说家；张大春则郑重其事地向我宣告，契诃夫正是他个人小说史上排名第二的小说家，仅次于哥伦比亚的加西亚·马尔克斯（但张大春旋即补了一句：“他们是‘唯一’两个写什么都精彩的小说家。”），有趣的是，一两个月之后，不晓得其间发生了何事，再次谈到这一话题时，我赫然发现张大春又将契诃夫晋升一位，而将加西亚·马尔克斯挤落到他私密排名的第二名。

怎么差这么多？我的惊讶明白而巨大，于是我只能回头缓缓重读厚达十巨册的契诃夫全集（全由中、短和极短小说组成），以及六巨册的其他文字，包括他的剧本、短文短论、书信、笔记，还包括他昔日扶病而行、跋涉过广漠西伯利亚、到极东库页岛考察俄国苦役犯人的《萨哈林旅行记》，我努力地读和想，好像也有点懂了。

英国的半通俗小说家、兼小说议论者毛姆不是个太会读小说的人，他曾说契诃夫的小说“太戏剧性”，而且笔下人物只有寥寥一两种“典型”，这恰恰好是一百八十度完全看错了契诃夫小说（老实讲，要错到这种地步也真叫不容易）——事实的真相是，在旧俄诸多伟大小说家中，契诃夫恰恰好是最不戏剧性、笔下人物最多样、最不概念化提炼的一个，他的小说永远有一种素朴的元质，仿佛介于成品和素材之间，介于小说和民间生活史之间，我猜，就是在此，会最吸引同样写小说的人。

一般而言，不写（不会写）小说的人（基本上包括评论者和如我个人这样的一般性读者），我们所期待的、欣赏的通常集中于小说家一场惊心动魄的演出部分，怎么写、怎么铺排、怎么想象转折、怎么收场谢幕，我们是挤在成品这一端才买票进场的人；然而，对同样“会者不难”、同样有着想象力和书写技艺的小说同行而言，夸张些来说，这却只是“做苦工”的执行部分而已，其成果多少在你抓住一个想象力不等、延展力和爆发力不等的素材那一刻，已然相当程度被决定了，他们是散落在素材那一端两眼发亮的人，就像米开朗琪罗或罗丹看着一方“对的”石头，以为自己只是正确释放出禁锢其中的灵魂而已。

当然，从素材到成品并非单行道，这里当然有优劣良窳之别，但恰恰因为成品只是素材诸多可能性中被单一实现的一种(亦即消灭了其他诸多可能性)，因此，赞叹之余，也便不免有着丧失其他无限可能、人间又耗损了一颗好石头的真实遗憾。

所以张爱玲说她宁读素材不读成品，也喜欢火杂杂的、半素材的《金瓶梅》胜过雕琢完美的《红楼梦》；卡尔维诺、博尔赫斯和加西亚·马尔克斯都着迷于那些素材模样存在、不过度处理加工、仍保有浑然想象空间可供纵跳滑翔的传说和民间故事，这绝不是偶合。

但小说书写者的这种“职业性偏好”和我们正常人有何相

干呢？我想有的，毕竟，我们和会写小说的人并不真的是截然不同的两种人，我们一样有我们一己的感受力、想象力和臆想，而且随我们小说越读越多，年岁渐长所必然带来的生命经验堆叠和生活世故，我们也会拥有更多触类旁通乃至于预想的能力，你会越来越不需要甚至开始不耐烦那种“事事细说从头”的啰唆劲儿，你也不会一直没意见地仍挤在成品那一端如捧花要签名顺带尖叫的少男少女影迷歌迷，时间会推着你往素材那一端移动。

因此，喜欢契诃夫，便不必然非要会写小说不可，而是一种难以言喻的鉴赏力，随年纪、随阅读、随对人的理解日增所带来的真实悲悯、无奈和茫然，这些细碎寸心知的心思所支撑起来的生命鉴赏力，再读契诃夫，你会像在生命异乡中走到一家干净舒爽、有热食有床铺的旅店般柳暗花明，不像托尔斯泰或陀思妥耶夫斯基总让你看到壮丽的名胜古迹不容休憩。

真正的人间喜剧

多达千万字的小说总字数，如此全由一小块一小块的极短小说密密组合而成，契诃夫这独特无伦的小说景观像什么？——我个人以为，这是法国伟大小说家巴尔扎克“人间喜剧”的真正实现。

人间喜剧，这原是巴尔扎克想的并穷其一生的未竟之梦，他壮哉其志地打算用百部以上的长篇小说来巨细靡遗描绘一幅眼前人生的总体图像，然而，巴尔扎克选了一道太沉重而且并不那么恰当的路：长篇小说。一方面，百部长篇，这是小说家人寿以有涯逐无涯的不堪负荷；另一方面，长篇小说像孔目太大的渔网，只能网住尺寸够大的大鱼，却不得不让诸多细碎的、光影般一瞬的、难以组织难以编纂更难以发展成长篇小说的人生真相透网而去。

相对于巴尔扎克未及完成的人间喜剧百篇小说，契诃夫却在他“短暂”的书写人生完成了近千篇的小说；相对于巴尔扎克的沉重、不得不人为地深向介入处理的长篇手法，契诃夫则轻灵站在暧昧的人生边际之上，趣味盎然地注视着并偷偷记下眼前每一张有意思的脸、每一次有意思的反应和表情，每一件有意思的琐事。

其实毛姆也不算完全说错（他只是想错），契诃夫的小说的确总有某种戏剧性，但不同于那种封闭剧场的、因着小说情节所需不得不编出来的戏剧性（这往往是我们对小说最不安的部分，也是大叙事小说最常见的弱点），而是我们每个人生活中总会有的，如生命大河流到礁石处总会激突起短暂水花一般的戏剧性。这种遍在的、俯拾可得的戏剧性，写小说的人都看到并记得不少，但很难利用，它们像纯度不足不值得开采淬炼的矿石。一方面很奇怪的，它反而太神经、太凸槌、太无厘头，一旦写成白纸黑字就是显得“假”，很难取信于人（小说家怎么信誓旦旦这是真人实事都无补于事）；另一方面，它又仿佛只是生活中的偶然出岔，并不具备往下的发展力延伸力破坏力，毫无构成生命转折重大关键的机会，它总是很快又被强大、平稳、一路向前的生命大河所吞噬回去，仿若无事。

这是一种“就只是这样”、一种“没头没尾”的戏剧性，像午后晴空忽然的一记干雷，或更像平静家常日子里的一声岔笑，这进不了格局壮阔的大小说中，只能存留在民间的闲谈取笑里，以及契诃夫干净清爽的碎片小说里。

比方说，契诃夫一八八七年的小说《吻》，写一名毫无女人缘也未曾有过浪漫情事的矮小炮兵军官里亚包维奇，在移防途中的某小城宴会里，莫名其妙“挨”了一记吻，这是黑暗走道一次有趣的错认，电光石火之际里亚包维奇完全不知道这名女子长相，更遑论身份姓名。小说中，里亚包维奇为之魂萦梦系，忍不住甜蜜地讲给同僚听，但只被当个纯幻想的扯淡，里亚包维奇也像晋太元中武陵人般再寻不回那个奇特的夜晚和那个奇特的吻，就只是这样。

或者更早的，契诃夫写于一八八六年的《熟识的男人》，小说中，娇媚但贫穷的女人万达，身上只有一卢布（她刚当掉一枚松绿石戒指），走进牙医诊所假意看病，其实想的是有过一面之缘的牙医一定会认出她来，并邀她参加城里的热闹舞会，偏偏那名信仰东正教的犹太牙医什么记忆也没有，公事公办真拔了她一颗牙，还收走她仅有的一卢布，又可怜又荒唐，然而，偷鸡不着蚀颗牙外带一枚戒指的万达，既没因此自杀，亦未就此坠落风尘，小说的结尾是：“第二天傍晚，她却在‘文艺复兴’里跳舞了。她头戴一顶新的而且很大的红色女帽，身穿一件新的时髦短上衣，脚上是一双黄铜色的皮鞋。有一个从喀山来的年轻商人带她去吃晚饭。”——韧性十足的万达，仍是活龙一尾。

这是相当“典型”的契诃夫小说，它的戏剧成分令你心酸，也令你发笑，但通常不会令你绝望，你看到这个美丽水花同时，必定也看到了背后那广大沉稳大河般的生活本身，像大地一样坚实，也像大地一样沉默吸纳并分解着短暂的喜怒哀乐，短暂的生老病死。

也因此，在寻常小说中通常最具戏剧震撼力、情节转折力乃至于清晰意义的死亡一事，在契诃夫小说中便呈现着不太一样的光景。契诃夫的小说绝不讳写死亡，一如我们每个人生活里总亲身经历着，以及一旁听到看到识与不识之人的死亡一般，其中，有老去的、疲惫的自然死亡，也当然不乏突如其来的、不当的、哀恸滑稽不等的种种不自然死亡，比方说，复活节大祭前夕的人心和平时刻急病死去一名爱写赞美诗的和善年轻修士，这是某种悲伤但沉静杳远如教堂钟声的死亡（《复活节之夜》）；或在剧院里打喷嚏一口浓痰不偏不倚落在前座高官秃脑门上，越想越骇怕因此一夜间吓死的某低阶文官，这是某种又辛酸又让你忍不住笑出声来的死亡（《一个文官的死》）；还有苦役犯运送船上终究不支死去并就此沉睡海底的力竭罪犯，这是让人同情也多少让人觉得解脱且心思不自主飞逸向政治、社会机制种种的死亡云云。固然，有一部分死亡冤有头债有主，尤其在某些不好的历史时刻里，可供我们连缀到、并用以思省并义愤鞭挞某个有权决定人生死的不义之人或不义体制，但绝大多数时候，死亡并不具备这么清晰的意义，它只默默堆叠我们的感受而不带来当下的顿悟，死亡远比我们有条有理的思索、有条有理的述说要复杂多了，也难以言喻多了。

就像旧俄当时另一位天才人物（政论的、自由主义的，而不是小说写作）赫尔岑说的，一个人的死亡，其悲剧性并不下于千万人的死亡，此事神秘，我们认了就是，不必咋呼，更不要拿来吓唬小孩子。

处于艺术和生活交界线的笑声

契诃夫小说所揭示，或说其所从来之处及其永恒背景，那个又辛酸又好笑的广大厚实生活，也许最接近俄国了不起文学理论者巴赫金指出的“民间诙谐文化”——这是巴赫金在他“拉伯雷小说研究”一开始就说的，民间这个诙谐的、狂欢节式的源远流长传统，长期平行于智识界的思维发展，鲜少有学者措意，因此，我们对其理解极其有限。或许，这也正是契诃夫小说在大文学传统中始终不够明晰确定的一大原因吧。

这里，我们谈的是契诃夫，不是巴赫金乃至于拉伯雷，因此无法在此重现并妥善讨论巴赫金的如此论述（巴赫金《拉伯雷研究》，厚 694 页，河北教育出版社），但我还是忍不住抄几段话出来，也许多抄他两句，只因为巴赫金说得如此精准而且美好，更重要的是，可供我们更理解契诃夫 ——

拉伯雷从古老的方言、俗语、谚语、学生开玩笑的习惯语等民间习俗中，从傻瓜和小丑的嘴里采集智慧，然而，透过这种打趣逗乐的折射，一个时代的天才及其先知般的力量，充分表现出其伟大。

这段话倒不是巴赫金本人说的，而是他引述历史学家米什莱的话。

它们显示的完全是另一种，强调非官方、非教会、非国家地看待世界、人与人关系的观点；它们似乎在整个官方世界的彼岸建立了第二个世界和第二种生活。

就其明显的、具体可感的性质和含有强烈的游戏成分而言，它们接近形象艺术的形式，也就是接近戏剧演出的形式。……但是，这一文化的基本狂欢节内核完全不是纯艺术的戏剧演出形式，一般也不能纳入艺术领域。它处于艺术和生活本身的交界线上。实际上，这就是生活本身，但它被赋予一种特殊的游戏方式。

小丑和傻瓜是中世纪诙谐文化的典型人物……他们体现着一种特殊的生活方式，一种既是现实的，同时又是理想的生活方式。……他们不是一般的怪人或傻子（在日常意义上），但他们也不是喜剧演员。

狂欢节式的戏仿远非近代那种纯否定性的和形式上的戏仿，狂欢节式的戏仿在否定的同时还有再生和更新。一般说来，赤裸裸的否定是与民间文化完全格格不入的。

狂欢式的笑，第一，它是全民的，大家都笑，“大众的”笑；第二，它是包罗万象的，它针对一切事物和人（包括狂欢节的参加者），整个世界看起来都是可笑的，都可以从笑的角度，从它可笑的相对性来感受和理解；第三，即最后，这种笑是双重性的，它既是欢乐的、兴奋的，同时也是讥笑的、冷嘲热讽的，它既否定又肯定，既埋葬又新生。

在这种装饰图案的组合变化中，可以感觉到艺术想象力的异常自由和轻灵，而且这种自由使人感觉到是一种快活的、几近嬉笑的从心所欲。

有意思的是，巴赫金指出的如此“民间诙谐文化”，一般而言，其创作者通常是素人的、匿名的，甚至由集体所完成，但契诃夫却是个清清楚楚的“个人”，更是个知识分子，有他知识分子的思省及其独特负担。他究竟是如何做到的？他如何持续“处于艺术和生活本身的交界线”这个不好站稳的点上？

一般的最可靠答案是“谦逊”——这很少有人会反对，契诃夫终其一生是个谦逊和善且没怪癖的人，在旧俄遍地都是的小说家中，他的 ego 最小，道德最完整没什么瑕疵，很长一段时间，契诃夫只把自己看成一个写诙谐讽刺小品、每个月非得有一百五十、二百卢布收入不可的人而已（尽管偶尔他也觉得有些委屈）。后来即使事情已水落石出，他在俄国已显现出无可掩藏的巨大光芒，契诃夫仍相信自己的小说必定很快被时间冲刷殆尽，不会有后人还读他的小说，后代的人读的是托尔斯泰那样伟大的作品。

当然，契诃夫谦逊的“预言”没完全对，但这份谦逊却是他小说书写的独特礼物，让他宽容、有耐心，眼睛里永远有他人存在：他人的处境、他人的意志、他人的各自抉择和信仰，甚至他人的愚昧、算计和小奸小坏云云。契诃夫从不过度控制小说，不把人物降为棋子，不因遂行个人意志而修改眼前事实。谦逊为他的小说保留下广大的、自由的空间，他所由来且兴味盎然的民间世界于是得以在此持续存留并生长，而不是不堪回首地生怕他们上门借钱或因此暴露自己贫寒身世的穷亲戚。

然而更重要的原因，我个人反倒以为，是契诃夫难能可贵的“勇敢”，这是隐藏在契诃夫谦和、瘦削、书卷气十足的外表下，不那么容易就发现的人格特质。赫尔岑曾说，整个十九世纪的旧俄小说，就是“一份对俄国生活的大起诉书”，这带给小说书写强大的力量和壮阔的格局，但也必然形成小说书写的持续可怖压力，大约一八七〇年以降，情况又急转直下，之前那些摸索的、个别的、自由有创意的、彼此可相互欣赏、宽容、讨论商量的繁花盛开般看法，逐渐凝固成少数非黑即白的排他性战斗性主张，尤其是年轻一代以车尔尼雪夫斯基为代表的民粹派成为思维主流后，政治立场的检验便成为小说的最高判准，于是，在沙皇反动性检查和“进步”知识分子毋宁更绵密更肆无忌惮的党同伐异底下，小说所需要的模糊自主回身空间便被压缩到很小很小了。

在如此景况中，要保有一双如此干干净净的眼睛，当然是难度极高的事了，这不仅需要消极性的谦和，更需要积极性的勇气——有趣的是，这个民粹发展理应是契诃夫最好的机会，他的确拥有托尔斯泰、陀思妥耶夫斯基和屠格涅夫谁也没有的又红又专出身，他也的确持续在咯血和经济压力下书写，但契诃夫从不卖弄他“农奴之孙”的身份，也不修改他自身的记忆和他所见的农村小镇、村妇村夫事实，他对于立场质疑的最大回应，便是毅然而行的萨哈林之旅，带着他肺结核的身体涉过广漠的西伯利亚，深入到更冰封更绝望的流放之岛上进行考查，而他的结论仍诚实且不屈服，众所周知，契诃夫便是在萨哈林之行后，公开宣告他对托尔斯泰式民粹主张的弃绝。

契诃夫不是“不知亦能行”的素人作者，更不是没有主张没有立场的随风之人，只是他坚信而且奉行的信念和价值，基本上是普遍性的、“进步”的，而且立基于自由和人性尊严的主张，对于某些太心急的人、太自信的人、太单一意识形态信仰的人，以及太想在对抗两造中逢源取利的人而言，他显得太巨大太温柔也太好笑了，难以收编，遂也难以忍受。

一个好的小说书写者并不必然得同时拥有好的人格，更无须展示他的人格，他也可以就是个恶魔型的人物，可以自身就是病征（比方说陀思妥耶夫斯基），但契诃夫不是如此，在他那双最干净的小说眼睛后面，得有个干干净净的心灵才行，而我们可能得理解他的如此人格特质，才更有机会完整掌握他独特的小说特质。

一个失落的实体世界

从卡尔维诺《意大利童话》说起

一个远古的时代，那时地心中的矿石和天空中的星尘，仍在照料人的命运，而不是有如今天，苍天不语，大地无言，完全不管人的死活。人再也听不到那和他说话的声音，更别提那些会听他命令行事的声音。新发现的行星在星象盘上并不扮演任何角色，也有一大群新矿石为人发现，受人测量、检重和检验，以确定它们各自特定的重量和密度，但它们对我们来说，并不带来任何讯息和用途。它们和人说话的时代，早已一逝不返。

——尼古拉·列斯科夫

《意大利童话》，老天，这需要谁费心为我们说明、为我们解释吗？这些比方说国王有三个美丽的女儿，比方说公主染了某种奇怪的病或被妖怪抓走，比方说英俊的王子娶了一只青蛙的故事，我们不是五六岁才识字就都看懂了吗？除了把我们每个人都油然带回“林叔叔讲故事”那个幸福无忧的童年时光之外，这些故事还有什么我们不晓得的深奥之处有待挖掘呢？

我个人想说的是，有的，理由很简单，因为是卡尔维诺采集、整理、改写了这两百则故事，是的，因为卡尔维诺，我们警觉到有特别的事发生了。

说卡尔维诺重新改写这两百则故事，指的是卡尔维诺为这些故事实际上所做的事，但更准确的意思可能该说，是由卡尔维诺这位小说的巨人筛选清洗这些散落在意大利民间乡野的传统和神话，还给它们本来的干净简朴面貌。卡尔维诺热爱民间故事精简、只叙事不多加解释的说故事方式，他在日后的《未来千年文学备忘录》第二讲《快》之中说：“若说我作家生涯的某某阶段，曾特别喜爱民间传奇和童话故事，这并非因为我忠于民族的传统（试想想我植根在十足现代化和国际都会性的意大利），也不是因为我怀念孩提时代所读过的东西（在我家，儿童只能阅读有益心智的书籍，尤其是那些有科学根据的书籍），反而是因为那些故事的风格、结构、精省、韵律及严密的逻辑，令我感到有趣。在我从事转译由前一个世纪的学者所记录的意大利童话时，若原文极为精简，我便感到十分欣喜，我试着传达这一点，尊重原著的精简，同时也希望能达到最大可能的叙事张力。”

这种精简、不多解释的说故事方式，不仅仅是卡尔维诺个人的偏好而已，而更是民间故事赖以创造传递的精髓（它的创造和传递几乎是同一件事），我们来看下面这些精彩的话语：“这是因为，所谓天生的故事叙说者，便在于他有能力在叙说时摆脱一切解释。”“最能使一个故事保留在记忆之中的，便是这种去除心理状况分析的简朴作风。说故事的人越是能放弃心理细节的描述，他的故事便越能深印于听者的记忆，如此这个故事便越能和听者自己的经验相同化，而他便越有可能在未来转述这个故事。这个同化过程是在我们的内心深处进行的，它要求一种越来越稀有的松懈状态。如果说睡眠是肉体松懈的完成，那么无聊便是心智松懈的顶点。无聊厌倦是孵化经验之卵的梦幻鸟，它会被日常生活的簇叶颤动吓走；同时，听故事的禀赋也因此消失了。它之所以消失，乃是因为人们不再一面纺纱织布，一面听人说故事。听者越是遗忘他自身的存在，他所听到的越能深印其心。当他沉浸在工作的节奏中时，他便以一种特定的方式听故事，而这又使他在未来具有可以转述故事的能力。叙说故事的禀赋便是建立在如此纺成的纱线之上，在数千年前，围绕着最古老的手艺形式所结成的这条纱线，在今天，又在到处拆散解体。”这些话，是神奇的本雅明讲的。

这些我们在黄口小儿时就都看懂的故事，因为卡尔维诺的关系而彰显出深奥的意义，这么说的确有因人举言因人废言的趋炎附势意味，可是，我们读书的人不好奇吗？这样一位一生穷尽精致到抽象难懂地步的小说家，不仅钟情而且愿意耗费大把的时间心力去搜集整理改写这样的故事，这些故事便不得不从混沌的存在之中分离出来，像猎户星座从静默纷杂的星空单独分离出来，有自身的独立形象和来历，并可被赋予思维的辽阔想象而成神话；或一样用本雅明的话来说：“这就好像，有时候，当我们把目光固定在岩石上的某一定点时，一个人头或是一只动物的身体便会浮现出来。”

如果你嫌只有卡尔维诺一个不够或你恰好没那么信任他，那你大可再加上瓦尔特·本雅明；还不行的话，那我们名单里还有博尔赫斯，还有加西亚·马尔克斯（他也像卡尔维诺般认真搜集过自身国族所在地的民间故事），还有米兰·昆德拉，还有列维－斯特劳斯等等，这些人，都是人类百年来最聪明且最具鉴赏眼力的人。

这些人全数到齐，如何可能会没有神奇的好事情发生呢？如何可能会没有好东西藏里头呢？

我们不再相信的故事

卡尔维诺这两百则故事，大陆先翻译成书，书名定为《意大利童话》，我们挑剔点，便马上会想到“神圣罗马帝国”那个调侃的老说法：它既不“神圣”，也完全扯不上“罗马”，更从头到尾就不是个“帝国”——这两百则故事，其实不是“童话”，也不一定要强调“意大利”此一国族标签，尽管它们真的流传于意大利各地，书里头每个故事讲完也都括弧注记了原采集地点。

先说童话的部分。在今天这个除魅殆尽的历史时刻，但凡故事里有王子公主，有仙女妖怪、有具魔力的宝物或会说人话会幻化人形的动物，我们便不相信这故事是真的，或更正确地说，我们“大人”便不相信这故事是真的，会傻傻相信的只剩还相信世界上真有圣诞老公公的小孩，因此它们便只能悉数成为童话。这个童话化的过程，恰恰好说明了我们每个人的真实成长经验的贫乏，从没有什么神奇些的事发生，苍天不语，大地无言，如果说幸福之中一定得包藏着某些神奇事物的成分，那我们的确单线地、不可逆转地每一步都在更远离幸福之地，这还是很令我们感伤，感伤到我们总忍不住去羡妒还听得进这类傻故事后沉沉酣睡的小儿面容。

有关经验的贫乏，本雅明说的是：“经验的身价已经降低了，而且它似乎后势看跌……自从大战以来，有一个程序变得明显起来，并且大有一发不可收拾之势，难道我们没有发现，终战以后，由前线归来的人都变得哑口无言？在他们身上，可以沟通的经验，不但没有充盈增益，反而贫乏干涸。但这又有什么好惊讶的呢？经验从来未曾被人如此彻底地揭穿：壕沟战、通货膨胀、执政者都使得过去的战略、物质和道德经验成为谎言。一个小时候还是坐马车上学的世代，却发现，在其所身处的风景之中，除了云朵之外什么都变了；同样的，在充满致命气体和毒性爆炸的战场上，唯一不变的，也只是人脆弱的微躯。”

我们于是有点像书中转述故事给人家听的卡尔维诺本人，他每隔几则故事后总忍不住跑出来，说诸如此类的话：“所有的人都心满意足、高高兴兴，我却一无所得，只是个局外人。”

然而，正如研究的学者指出的，“儿童”是个人文概念名词，真正被发明出来才不过两三百年时间，因此，很长一段时日，这些故事是说给所有人听的，因信称义，让彼时成为说故事的幸福时光，不必如博尔赫斯说的那样，如今有些故事你得趁年纪还轻时读，有了年岁恐怕就读不进去了，因为“到了那时候我们就要忍受很多事情；那时我们就会考量到历史背景等种种”，简而言之，就是“不信”。

这些故事，因着我们不信而不得不被驱赶成童话，但童话，衍生于“儿童”此一人文概念，自有其规格要求，这就像儿童不能从事经济性劳动，要吃营养好消化的食物，要穿轻软保暖的衣服，要上学受教育，要有人陪伴照顾，要有能杀光所有细菌尘螨的空调等等，童话的安全要求也愈来愈严厉神经质起来。今天我们所熟知的最经典实例莫过于全世界最大童话加工厂迪士尼拍摄的《美人鱼》动画，他们担心原故事中痴心美人鱼牺牲自已化为泡沫的悲剧结尾会造成儿童的心灵创伤，当场大笔一挥，让小美人鱼如亿万年前的爬虫类始祖一般，由海里演化上岸，嫁给灵长类的英俊王子。

如此充满真情的高尚牺牲行为都不被允许了，那我们如何能让儿童听卡尔维诺为我们重述的这些故事呢？本书中第 132 则的《美人鱼妻子》，一个不贞的妻子，一个嫉妒而残忍的丈夫，却只因为这一对狗男女要复合过幸福快乐的生活，不惜偷走了人鱼族赖以存活的“最美丽的花”，害死所有好心救过他们性命的美人鱼。

从童话的规格来读这些故事，我们当然觉得这些故事实在太残酷了，儿童不宜，得狠狠地删除或改写，让它们一身洁白地进入童话王国。

这就是民间故事时至今日的尴尬处境，大人不相信，儿童不能听，这么窄迫的生存空间，符合资格可以获准居留的已然不多了。

豁脱道德的务实倾向

一部分的民间故事有道德教谕的清楚成分，但民间故事是泛神论者，道德只是它万神殿其中重要的一尊而已，不是唯一的统治者。

本雅明指出来的民间故事基本特质是"务实倾向"，务实是什么意思？我们可以说，务实是人不自居于世界统治者的至高位置，不强加自身的解释于自然，相反地，他承认事情的发动者是客观存在的巨大世界，是外于他意志的大自然，人只是因着世界的变化和考验作出必要的回应，见招拆招。于是世界被保有其原来复杂、歧异、无序的广阔模样，所有的细节不因为它们彼此倾轧、无法以单一的逻辑贯通、无法收拢成完美封闭体系而遭舍弃。也因此，务实体现着某种不追根究柢的谦逊，人是有限存在的，世界则是无限大的，无法穷尽，所以识趣一点早早承认就无须浪费无谓的精力心思去穷尽。

但务实者不同于虚无，虚无是一种解释不成的挫败从而衍生成的永恒怀疑，务实者则相信世界具体而坚实的存在，其间，意义、智慧乃至于道德由于都是人的产物，必然因着人的有限而有限，但仍是有效且必要的，融入于人的基本生存需求中。所以本雅明细腻地说明民间故事中道德的生动存在模样："它或是公开地、或是秘密地具有实用功效。这个实用功效有时会以一句格言或是一条行为法则来转译，有时会转译成一个实用的建议，有时候则是一条道德教训；无论如何，说故事的人，对他的听众来说，乃是一名良好的顾问……事实上，所谓的劝告，也许比较不是针对一个问题提出解答，而是针对一段（正在发展中的）故事，提出如何继续的建议。如果我们要人给我们一份劝告，那么我们便得先叙说我们自己的故事。而且更基本的是，如果一个人要得到有益的劝告，那么他先要找到适当语言来表达他的处境……编织在实际生活体验中的劝告，便成为智慧。"

然而，务实者的第一要务终究是生存本身，而不是道德建构，道德只是人生存所需的一部分，甚至我们还可以说道德只有在有助于或至少不妨碍生存时才被讲求，中国人所说的"礼不下于庶人"，便是对生存第一现场的务实理解和世故宽容，相较于道德的有条有理和温柔，生存却是芜杂而且严酷的，相较于道德的有限，生存所面对的世界却是无限大的，生命要继续下去，故事要讲下去，人便得有豁免于道德的自由。残忍，本来就一直是自由的一部分面貌。

我们在这些民间故事中看到的残酷成分，今天同样都还能在生活的第一线现场看到，尤其是直接和大自然打交道、向大自然讨生活的农村，在那里，燕子是益鸟，不因为它样子好看飞起来优雅，而是因为它是食虫性的鸟，吃的是妨碍庄稼的肉虫毛虫，麻雀是该扑杀的害鸟，因为它天生吃的是谷物，是农家的辛劳产物和生存之所系；同样的，在中国古来的北方农村，凶猛会吃人的老虎并不被视为生活的大敌，甚至还绣上小儿的帽子鞋子成为吉祥的象征，只因为更多时候它猎杀的是麋鹿，真正生活的大敌是这些长相可爱神情温驯的麋鹿，它们寻求食物会成群摧残作物。因此几千年来在民间的传说、诗歌乃至智者之言中，它们甚至成为乱世的象征，“邦无道，麋鹿生于郊”，意思是人口大量锐减、人人救死不暇的灾厄时日，麋鹿的数量便大量增长。生活的真实经验说明，人和麋鹿在生存一事上直接形成竞争，是此消彼长的杠杆关系——这里，鲜少有对生命个别本性的尊重，没有对生命复杂现象的欣赏，没有生命本身的怡然自得，有的只是生之艰难，道德只能在有限的隙缝中挣扎生长。如此，我们需要骇异故事里被集体害死的美人鱼一族吗？她们在当时只是扮演麻雀和麋鹿罢了。

生之艰难，是人不得不去面对的生活真相，如今，在我们这些稍有余裕的现代化社会中，我们倾向于暂时不要告诉稚龄的孩子们，我们好心地替他们争取一段快乐无忧的生命假期，也心知肚明他们很快得经历同样的事，迟早而已。

惊人相似的故事内容

其次是“意大利”这个大标签，不管它代表的是抽象的近代国族，或只是实质性的地理名词。

关于所谓的民间故事，我们常有一种被地域性标签误导的常识性错觉，总以为民间故事是最一时一地的，最呈现地域独特性的，最能在其中找到当地独一无二实物和实况的。但奇怪事情完完全全不是这么回事，事实上，民间故事最诡异最神秘的特质绝不是它的特殊性，而是它的普遍性。用白话文来说，不是不同地域的民间故事彼此理所当然地长得不一样，反而是它们彼此惊人地相似到几乎一定是谁抄了谁的，这是每一个但凡看过几本不同地域民间故事集的人第一眼就会发现的大惊奇。

一样的，在这本来自意大利的民间故事集中，我们便不断又看到：哦，这是美人鱼的故事、这是睡美人的故事、这是白雪公主、是阿里巴巴、是小红帽、是青蛙王子、是浦岛太郎、是灰姑娘仙黛蕾拉……都是我们自小就熟悉的老朋友，只不过是表情有点不同，衣着装扮有点不同，讲的话有点意大利人口音而已。

相像到此种田地，很难令人相信它们没有共同的单一出处，这里，本雅明起码就欧陆各不同地域间民间故事的传递渗透，说了一段半喻义半历史回溯的话：“在这里，说故事的人被呈现为一位远游归来的人。不过，听一位安居乐业、熟识家乡掌故、传统者说故事，我们也有同样多的乐趣。因此，这两个群体的古老典型，便各自以定居农民和水手—商人为其代表。这两者的环境，的确都曾各自发展出自己的叙事者传承。然而，要了解叙述的全部历史幅度，便必须考虑这两个古老典型的相互渗透。尤其是在中世纪，透过手工业旅行伙计制，这样的渗透得以实现。定居的老板和环法旅行的伙计，在同一个作坊中工作。其中老板本身在家乡或外地定居开业之前，也作过这样的环法旅行。如果说，农人和水手曾经是叙述艺术中娴熟地道的师傅，那么手工艺人也开创其中的名门大派，也就是在他身上，远游多方者的邈远讯息，才联系上了以定居为主要叙说者的传统讯息。”

那欧陆而外呢？手工业旅行伙计制所不及之地呢？中亚、印度、中国乃至于重洋隔绝的南北美洲印第安人呢？哦，当然还是有迁徙者、行商、远征的兵士、旅行人、冒险家、传道者以及流氓无赖穿梭其间。

最了解诸如此类原生或迁徙传递问题的可能是生物学者，他们的专业压力使他们最不被常识或直觉的不可思议印象所局限，他们会告诉你时间的魔幻般能耐，只要时间够长，再小的概率、再不可能的偶然都有机会成立，包括宇宙的起源和生命的诞生，其中一个有趣的例子便是因达尔文而名留生物史、至今仍是生物学圣地的加拉巴哥群岛的物种由来奥秘——在地质学上，这些小岛是“后来”才因火山爆发而形成的，它们和南美大陆最接近之处足足有一千公里，其间汪洋一片不存在任何可堪做跳板的陆地和岛屿，因此，岛上那一堆活物哪里来的？壁虎、稻鼠、鬣蜥蜴、熔岩蜥蜴、蜘蛛、蚂蚁、甲虫、蚱蜢、小虱和扁虱这些毫无长距离飞行和泅泳能力的东西哪里来的？尤其是加拉巴哥群岛赖以得名、在岛上迟缓爬来爬去的大陆龟（西班牙文的“加拉巴哥”即是大龟）又是怎么来的？

当然不会是上帝造完世界和万物之后又想起来在这些小岛再造一次，也不会像小说家冯内古特说的那样搭乘挪亚方舟两个两个登陆上岸的，它们当然是由岛外迁徙传递来的，尽管我们无法重建这段历史并去除不了不可思议之感。

讯息如风，因时间无所不至且坚实落定。指出这种几近不可思议的可能，当然还远远不及解除“多元发生”或“原生/传递”之谜的地步，在未来很长一段可预见的时日，看起来也没妥帖判定的希望。

但无论如何，民间故事的普同性特质都是诱人而神奇的，不绝如缕的时空传递追溯令人着迷，不同地域不同生活方式之人创造出几近相同的故事也一样令人着迷。

对此着迷得最不能自拔的可能就是列维－斯特劳斯，他因此提出迄今为止最大胆的神话和民间故事假说。列维－斯特劳斯以为这些琳琅满目的故事，其实呈现出普同的、静态的，为数有限的基本结构，他有时称之为“神话细胞”，有时称之为“迷你神话”，这源自普同而恒定的自然人性（“尽管各人类群落之间有多少文化上的歧异，但是一切人类的心灵都是一模一样的，也都具有同等的能力，这可能是人类学研究的诸多定论之一，我想也已经是世人所普遍接受的命题。”）。在此基本的故事结构之上，故事的材料（比方说故事中的角色或实物）因地域的差别和文化的歧异而抽换重组，情节也相应地变形调整——这当然是我们予以简化的列维–斯特劳斯想法，想巨细靡遗理解列维–斯特劳斯此一壮丽到几近狂野神话学的人，可去阅读他的神话学四部曲，时报出版公司有译本，四大巨册，祝您阅读愉快。

民间故事的超越地域普同特质，换个说法便是，它的总体数量是稀少的，相对来说。这是列维–斯特劳斯说的："大自然所能运用的手法，其数量是有一定限度的。"事实上，博尔赫斯也这么说："所有的故事情节其实都出自少数几个模式而已。当然了，当代的作家想出了许许多多的点子，我们说不一定还会被他们蒙蔽呢。发明的激情也许会灵光乍现，不过我们随即又会发现，这些许许多多的故事情节其实不过是少数几个基本模式的表象而已。"

故事之海

而民间故事这种超越地域的普同特质，我个人最喜欢的想法，或者说我最喜欢的图像呈现是，它们共同形成了一个"故事之海"，一个为人类所共有、所自由航行于上的故事海洋，这甚至是超越语言的，或者说用某种共同的"语言"在传送在叙说，仿佛是穿越亘古、来自巴别塔野心建造之前那个人类语言相通未遭上帝变乱的美好时代。

于此，列维－斯特劳斯讲过一句迹近是神秘的、容易被误解的话："神话指使着人类把它们说出来。"这马上让人想到荣格那集体潜意识的不可靠讲法。我个人喜欢的是本雅明朴直而诗意的说法，那是他在引述最前头列斯科夫那段话之后紧跟着讲的："列斯科夫说，人和自然共鸣的时代已经结束了。这是席勒所称的素朴诗时代。叙述者对这个时代保持忠诚。他的眼睛盯着日晷不放，在此日晷之前，各个造物列队前行，其中死神有时像是带头人物，有时又像是最可怜的跟班。"

大致说的是（因为本雅明文字中的诗意想象是"翻译"不出来的），在那个人人聆听并传送这些故事的时代，人们面对的是同一个大自然，同一个完整的实体世界，未被如昆德拉所说栉比鳞次的人工建物所割裂，也未被列维－斯特劳斯的人为歧异文化所诠释。每个人看到的东西和别人没什么两样，每个人都直接看着完整的天体运行，黎明迎日，昏暮迎月，时间既不被截断也不被冻结停滞，始终保持着它"事物流变"（本雅明的用语）的奔流不息完整形态，同时它又是往复的、浑圆形状的。在这样的时间感里头，死亡一方面是郑重无比的大事，代表一个人经验和记忆的完整性和权威（本雅明指出："在过去，死亡乃是个人生命史中最具公众性质的一幕，具有高度的示范价值。"），而在另一方面，却由于死亡无力中止时间、无法阻断人们经验和记忆的传递存留，死亡遂也失去了幽暗性的威吓力量和埋葬性的毁灭力量（"而且，一旦他们不死，他们便仍然活着。"），死亡于是也可调笑也可捉弄，人不必要怕它。

因此，民间故事的人人能听、人人能懂并予以转述传送，可能不仅仅是它仰赖听觉传递的必要浅白易懂而已，而是这些故事源于人们所共同目睹并经历的同一个世界，在不相互隔绝的经验和记忆的完整基础上，这些故事触及人们感知无碍的心智部分所叫唤起的共鸣。于此，博尔赫斯有相当精巧的发见，博尔赫斯指出："想一想本世纪最重要的小说吧——假设是乔伊斯的《尤利西斯》好了。我们读到了几千件关于这两个主角的事情，不过我们却不认识这两个人。我们对但丁或是莎士比亚作品中的角色知道得还比较多。而这些角色——还有他们生老病死的故事——却只在短短几句话里头就清楚地呈现在我们眼前。我们并不知道关于他们的上千件琐事，不过却好像跟他们很熟。当然了，这比较重要。"

不会有尽头

有限数量的故事，面对着一个无限大的世界，民间故事因此在干净简洁的说故事方式同时，永远不真正斩钉截铁地结束故事，它们总是未完的，是待续的，讲的人明天还要讲，听的人明天还想听。本雅明说："没有一篇叙事会不许人追问，'那么后来又是如何？'相反的，小说一旦在页底写上'全篇完'的字样后，便不能再有向前进展的希望了，因为它邀请读者由此开始思索一个生命的意义。"

也就是说，最重要的不是急着停下来想清楚什么，而是如何从容地在广大未知的世界之中持续地漫游下去。民间故事开放向无限大世界的如此本质，如果我们要用最简单的话来描述，毋宁最接近所谓的“冒险故事”——广大神秘的世界总会有各种奇奇怪怪的危险和机遇找上你，生命本身也无法事先拟妥剧本，你走着瞧着，因此只能是冒险，是米兰·昆德拉所说“在无限大的世界一种幸福无所事事的冒险旅行”。煞风景些来说，这其实也最接近生物学意义的素朴生命延续样态，不止人，一头老虎，一只猎豹也是这样，就像我们在 Discovery 或《国家地理》杂志频道看到的。

民间故事的如此开放性本质，博尔赫斯在一次演讲中用他最喜爱的《一千零一夜》阿拉伯民间故事来说明："《一千零一夜》这本书的书名包含着极重要的东西，即让人联想到这是一本永远不会完结的书。实际上也确实如此。阿拉伯人说谁也无法将《一千零一夜》读到底，不是因为感到厌倦，而是感到这本书没有尽头。”

这么说，当然并不是因为《一千零一夜》聪明地设定了一个满心妒恨难消、在黎明来临时就杀掉自己新婚妻子的国王和一个永远知道如何抓住听者好让故事持续下去、以躲开死神找上她的聪慧女子，从而让这本书成为独一无二的说不完故事。事实上，我们多少可把这个“听者 / 说者”的极度紧张关系当隐喻来看，我们所有听故事的人都是书中的苏丹，说故事的人则是智巧百出的山鲁佐德，这尤其在日后说故事人成为某种谋生行业后更加清楚地显现出来，讲故事的人要得到赞赏乃至于活命所需的金钱，便得用尽一切可能的手段让听者沉迷其中，一直要求听下去。

因此，沉迷于一个一个故事中的听者苏丹这个角色可能是更有趣的，他因此“忘掉”了自己凶恶的杀妻誓言，也等于从昔日不贞妻子的创恸中痊愈过来。在历经一千零一个夜晚的故事疗程后，接纳了他这个讲故事的新妻子，还得到个儿子——从苏丹身上，我想我们大概就听懂了本雅明为民间故事描绘出的诗意图像了：“它像是一座梯子，梯脚坠入深渊，梯顶则消失云间。对于集体经验来说，连个人经验中最狂暴的冲击也不代表矛盾或障碍。”

或者用博尔赫斯较平实的解释来说是：“人们愿意沉醉于《一千零一夜》之中，他知道醉心于这本书就可以忘掉他自己可怜的人的命运。人们可以进入由一些典型的形象及个人组成的世界。”

本雅明的话和博尔赫斯的话微微有点不同之处在于，博尔赫斯说的比较接近今天我们和民间故事相处的方式，亦即通过书本通过文字阅读而进入那个久违的集体经验世界，而本雅明则直接把我们带回到那个有说故事人朗朗声音的往昔幸福日子里。也就是，“任何一位听故事的人都有说故事的人在陪伴他，即使读故事的人也参与着这个小社会。相反地，小说读者生活于孤寂之中，他比其他所有读者更加孤独”。在这个有说故事声音和诸多听故事喟叹评论声音交织一片的小社会中，人们围聚在一起，即使故事本身包含着意义和教训，它们也是实体的被感知被把握，一如晚餐桌上的丰美菜肴自然也包含了人生命所需要的滋养一般，这一点，大怀疑主义者休谟极可能是最了解、感触最深的人之一，当意义被抽象地提炼出来，失去了实体实物的保护，总是很脆弱的，容易被逼问到虚无的死巷子里，容易被文字语言轻而易举驳倒。但休谟说，当你和友人坐在炉火边，聊天，喝酒，下一盘双陆棋，这一刻你又真确不疑的感觉到生命如此可信，意义如此坚实。

宛如水滴落入海洋，当个人经验如此融入了集体经验之中，个别生命融入到集体生命之中，死亡也就相当程度被驯服了，它回归成遍在的寻常哀恸，却不代表眼前世界的刹那终结，不代表末日（卡尔维诺说："死亡是你加上这个世界，再减去你。"）。因此，在民间故事里，死神不像基督教义中那个无所不能、以毁灭整体世界为职志的威风凛凛恶魔，他只能是对付个别落单之人的狡狯小歹角如翦径恶徒，而且最终通常是失败的，还往往失败得挺可笑。

"悲痛的最深处，也就是故事最能帮助人的地方。这样的悲痛乃是神话的悲痛，故事向我们诉说的，乃是人类寻求摆脱积压于神话心头的噩梦的第一个尝试。"——如果弗雷泽所说"宗教是因着人对付死亡、抚慰死亡而生"这个说法可信的话"民间故事无疑起着宗教的功能"或更正确地说，它其实就是原初宗教的最主体形式之一，而且比任何崇拜仪式更直接、更富内容也更欣然，民间故事的泛灵意义不是忠烈祠式的万神殿诸神排排坐好等人来跪拜，而是神鬼如燕散入民间人家，有情节，有故事，有恩怨情仇，世界如此深奥，却又仿佛近在眼前伸手可及。如同加西亚·马尔克斯所说的：“在我外祖母看来，人跟鬼神根本没有界限，他们全活在同一个世界。”

重复的诡计

这里，且让我们稍稍折回头一下，来想一下民间故事的重复性问题，这是它的另一重要特质，也是最大的诡计。

有限的故事要永远讲下去，故事的情节乃至于故事本身便不能不重复使用、重复述说。我们看，故事中像主人翁要通过人家国王爸爸的三次考验好娶到公主，或像躲避凶恶食人的妖魔一路追杀的三次抛掷救命宝物设置路障，听故事的人显然不仅不介意这样的重复，还欢迎并揪着心期待重复的来临。不介意，是因为人们认为这本来就是事物的真相，他们一再看到并经历的本来就是如此，生活总是没完没了又是一再重复的，时间所呈现的样态也是这样子，日升日落，季节更迭，人们早学会了什么时候该耐心等待，什么时候可开心收割。欢迎并期待，是因为这不仅是情节的高潮部分，而且更是听故事的人最先记得的部分，就是在这里，他预先窥见了接下来会发生什么事，他心里的声音和说故事人的声音重叠起来如听者跟着歌者同哼一段旋律，也就是说他在这一刻既是听者又是说者，他穿越过从听到说的大门，故事的传送机制便是在这里被启动起来。

此外，在说故事的人这边，情节的重复之处乃至于故事的重复诉说，意思是说听双方对故事的发展皆了然于胸，因此，说听双方的注意力遂可暂从情节的连续性、紧张性中脱逸开来，成为说故事的“节庆时间”，说者有余裕进行表演，听者也可把对情节的关心转向对说故事人技艺的欣赏。于是，重复不仅不构成故事再述说的障碍，反倒是故事再述说的最迷人之处，至今那些进歌剧院的盛装男女或挤戏台下的老戏迷，鲜少有人不知道故事的来龙去脉，他们是来欣赏怎么说怎么演怎么唱的；另外一方面，重复也成为说故事人最重要的诡计，说故事的人利用重复所必然产生的催眠性和听者的期待心理，故事的忽然转折和变形因此制造出落差、陌生的惊奇效果，情节于是在听者的惊呼声中得意扬扬地踏上新的路程。

这里我们顺带提一下，民间故事的重复诡计，并没真的被它嫡系子裔的小说所继承，它回到了或说留在音乐和诗歌里（这里，我们便懂了为什么有人会赞叹巴赫是个“狡狯”的作曲者了）。列维－斯特劳斯极其敏锐地察觉到这一点，事实上，他的神话学四部曲巨著的扉页便摆了一纸埃德蒙·罗斯康词、埃马纽埃尔·夏布里埃曲的《致音乐》乐谱，而且在他的神话故事分析中大量借用音乐的术语并对照于乐曲结构的分析。这方面，真正得天独厚的人还是博尔赫斯，不仅仅因为他的“本业”是犹有朗读声音伴随的诗人而且一脚深深踩入了小说的领域，博尔赫斯的得天独厚更源于他的“不幸”，他的遗传基因让他在晚年失去了视力，读书得请人念给他听（写《阅读史》一书的加拿大人阿尔维托·曼古埃尔年轻时便担任过博尔赫斯的朗读人），用声音和记忆而不是通过文字阅读，这事讲起来像一则有关文学书写的寓言。博尔赫斯曾在一篇《谈失明》的短文中，引用王尔德所说古代人把荷马说成盲诗人是经过深思熟虑的讲法：“希腊人认为荷马是盲人，其目的是想说明诗不应该有视觉感受而是应当有听觉感受。”凸显的便是古代故事的音乐感，而在他一九六七至六八年哈佛大学诺顿讲座第三讲的《说故事》中，博尔赫斯甚至直接且乐观地断言，当代小说的崩解，会让史诗再度大行其道，会让声音和音乐在故事中复活，只因为——“我不相信人们对于说故事或是听故事会觉得厌烦”。

《堂吉诃德》的门神位置

当然，博尔赫斯是所有人中最乐观的，没人敢像他一样这么想，“就好像所有的事情在未来都可能发生一样”。

今天，如果我们打开一部文学史小说史的教科书，尤其是英美版本的，书中通常会告诉你，现代小说的起点是笛福、是菲尔丁云云，但几乎所有最了不起的第一线小说家都不这么想。他们总是直接越过这形式上的起点，甚至提都吝于提一句，他们爱讲的是莎士比亚，是塞万提斯的《堂吉诃德》、是但丁《神曲》、是《一千零一夜》、是《圣经》、是柏拉图的对话录、是荷马和希腊诸神话等等，这才是他们愿意承认的行业系谱，他们相信的小说由来之处。

其中最有趣的是塞万提斯的《堂吉诃德》。

我个人私下小小统计了一下，有关这位来自拉曼查愁容骑士的异想天开冒险事迹，以西班牙文书写的加西亚·马尔克斯当然是喜欢的；卡尔维诺也推崇且在他的演讲或文论中再三引述；而米兰·昆德拉极可能是最极致的一个，事实上他所说“在无限大的世界一种幸福无所事事的冒险旅行”说的就是这本书，以此书为代表标示出小说曾生存的一段黄金岁月。反方这面，博尔赫斯的态度最暧昧，他一直不喜欢这书大半辈子，但在晚年改了口；本雅明也被我武断地暂归在这一边，尽管他的贬义其实是谈民间故事传统倾斜向现代小说书写时露出来的，并非单独书的评价，而他因此所认为“《堂吉诃德》是第一个完美的小说典范”恰恰好指出了这本书最有趣最关键性的位置。

这些我们当代最了不起的创作心灵同等注目却迥异评价的有意思事实告诉了我们什么？告诉我们《堂吉诃德》这本书恰恰好扮演着民间故事通往现代小说的两面门神杰努斯，不仅一面年轻一面衰老，而且你从当代深情地望向流逝的民间故事传统，它是在门内；你站在民间故事传统的昔日忧伤地想现代小说，它却是在门外——这里，即使我们不把现代小说书写看成某种“衰败”，至少，他们全部看到了某种失落，有一些宝贵的东西没能穿越时间让我们幸福地继承。

失落了什么呢？正如本雅明的诊断：“然而这是一个在长时段中发生的程序。如果我们只把它当作‘倾颓时代的征兆’，甚至是‘现代性倾颓’的征兆，那就犯了大错，这毋宁是一个由具有数世纪历史的力量所形成的现象；这些力量使得说故事的人一点一点地走出活生生的话语，最终只局限于文学之中。同时这个现象也使得那消逝的文类，别具易感之美。”

因此失落了什么？多了，比方说活生生且不被污染的干净语言（罗兰·巴特所最介意的）、简洁充满叙事张力的说故事方式（卡尔维诺）、生命智慧和典型（卢卡奇）、音乐和声音（博尔赫斯）、欣然欢快的小社会（巴赫金），无限大的冒险想象世界（昆德拉）云云，换句话说，在一个“没有一个形式的获得和消逝比它更慢”的缓缓消失之中，改变的是整个世界的真实样貌而不仅仅是文学家的抉择取舍。这是在文学创作之先的东西而不是其结果，因此文学家的召唤只能是美丽的召魂，世界要长什么样子从不是文学家所能决定或更改的。

这里我们只谈“孤独”，也就是加西亚·马尔克斯“用外祖母说故事方式”写成的《百年孤独》所直接标示的孤独，加西亚·马尔克斯坦言他想写出的的确就是南美洲人的现代孤独，而不仅仅只是个好听书名而已。当然，孤独绝不是拉丁美洲的特殊处境，如果上帝把他抛掷到中南半岛、东欧或哪里，加西亚·马尔克斯依然会感受到巨大的孤独。

有关现代小说的孤独，本雅明说的是：“小说家则是封闭在孤立的境地之中。小说形成于孤独个人的内心深处，而这个孤独的个人，不再知道如何对其所最执着的事物做出适合的判断，其自身已无人给予劝告，更不知道如何劝告他人，写小说是要以尽可能的方法，写出生命中无可比拟的事物。甚至在生命的丰饶及其呈现之中，小说也揭示着生命之中深刻的意志消沉。

整个文类第一本巨作是《堂吉诃德》，而且在一开始便向我们展示一个最高贵的人，他具有雄心、胆识，热忱，可却又完全缺乏良好忠告，也不具丝毫智慧。”

小说的如此孤绝处境，尤其在现代主义书写到达顶峰，坚实可靠的世界完全瓦解，人如孤岛般的存在，我们从实人实物的深处挖掘想找出通则和共相，却只找到抽象而隔绝的符号和语言，人只剩下自己的灵魂可瞪视，但人自己的灵魂一样飘忽而且可疑，最终它同样由一堆符号和抽象文字所构成。

张爱玲很早就谈过这个，她说像蝴蝶停在白手套上，这么美丽，但隔得令人难受。

丰饶可感的实体世界

丰饶而且可感受的实体世界终究才是文学的最大支撑，加西亚·马尔克斯说他小说的起点总是真实的某个形象，像他自认最好的短篇小说《礼拜二午睡时刻》，是他在一个荒凉小镇看见一个身穿丧服，手打黑伞的女人领着一个也穿丧服的小姑娘在火辣辣的骄阳下奔走的画面；《枯枝败叶》是一个老头带着孙子去参加葬礼；《没有人给他写信的上校》则是一个人在巴兰基利亚闹市码头等渡船，沉默不语，心急如焚的模样；而《百年孤独》当然是全书的开头，一位祖父带着孙儿去看、去摸一大块冰。

本雅明所说“活生生的话语”，是这些话语真实联系于实体的世界、实体的人和事上头，怀疑这个联系的真实与否是二十世纪小说最沉重的怀疑，怀疑当然是极有道理的，但这怀疑总被鲁莽且聪明的人快速推到极致，极致之处什么也没有，只剩虚无。

这里，我们让卡尔维诺自己出来说话吧（基于某种说不太清楚的奇怪理由，我一直不想用卡尔维诺的话来谈他的书）。比较温和的话语是："我认为人类的基本心智思维习惯，从旧石器时代先民从事狩猎和采集必需品为生，经由各历史阶段一路传承下来。文字连接可见的蛛丝马迹与看不见的、不在场的事物、我们渴望或害怕的事物，就像脆弱的临时吊桥，悬在深渊上空。"

比较急切的重话则是："但或许这种缺乏实体的现象不但存在于意象和语言当中，也存在于这个世界本身。这种瘟疫侵袭着人们的生活和国族的历史，使得一切的历史变得没有形体，松散、混乱，没有起点，也没有终点。我的不安来自我在生命中察觉到形象的丧失，而我所能想到的抗衡武器便是——文学观念。"

这些话，是在《意大利童话》采集编纂完成多年以后讲的，但我个人完全相信这仍是他当年花费心力完成此书时的最基本想法。

多余的人

读屠格涅夫《罗亭》

十九世纪的俄国伟大小说家如托尔斯泰、陀思妥耶夫斯基、屠格涅夫、契诃夫等等，每个人都有而且都得有众多的身份，不光光是我们今天职业分工概念里的小说家一项而已；他们也都得做诸多的事，写诸多种类和意图的文字，而不仅仅只是小说一种而已——这是彼时俄罗斯祖国苦难的召唤和严酷要求，也是小说家自身的决志而行，外来的和内在的驱力两者都有。

在他们中间，屠格涅夫原来是比较“纯粹文学”的一位，也是最情非得已的一位。屠格涅夫是彼时俄国小说家中最欧化的一个，有一个相当纯粹的西欧灵魂不当窝居在一个老俄罗斯的躯体之中，他的小说“气质”，毋宁更接近当时已不再参与革命并开始向袖手旁观的自然主义倾斜的法国小说。事实上，屠格涅夫日后大半辈子也就住在巴黎（表面上为了追逐一段近乎荒唐的爱情，但不只如此），交游的也是巴黎一干自然主义的小说家如左拉、莫泊桑等等。

如此的“错置”，是屠格涅夫终身痛苦纠缠的原因，问题是，他又真的是一个温和到绝对可称之为软弱的人，当他那异于常人的聪明、敏锐和纤细感受，撞上野蛮反智的强大力量时，他总选择屈服，宛如宿命。从他生下来就有、那位不止一次活活打死奴仆的沙皇似贵族母亲，到他生前就有的、古老专制的俄国沙皇体制，到最后俄国年轻一代崛起、预告了日后布尔什维克的民粹主流——在这每一种斗力不斗智的历史现场，屠格涅夫总不战而溃。逃避，遂成了他一生最体面的应对策略。

还好他是一位天生的小说家——半开玩笑来说，小说家在这方面有点像殡葬业者，基本上，他们都是在苦难中才方便找到工作机会的人（如此，我们就知道格雷厄姆·格林在他《喜剧演员》中最终让叙述者布朗流亡成为殡葬业者，是多么有趣而且自嘲的隐喻选择了）。唯一不同的是，小说家得利的苦难还包括自己，他还可以收自己的尸，当他输掉人生全部时，只要一支笔还在，他还是有机会在另一个世界、另一个战场讨回来，这一点，陀思妥耶夫斯基和屠格涅夫都是如此，只是输法的狂暴优雅程度不同而已。

屠格涅夫的错置和人生现实溃败，于是给了他一个——我们事后清楚知道——绝佳的小说书写位置，一种糅合了旁观者清的冷静理性位置和狂暴扯入的痛苦感性位置，由此，屠格涅夫不至于真如他人格特质地成为昏昏欲睡的自然主义小说家。他有自然流般和风细雨缓缓而来的作品如《猎人笔记》《烟》

《贵族之家》云云，但也有像《罗亭》这样结实而强悍的作品，更有趣的是，十九世纪俄国小说家最狂暴、最引发如火燎原议论攻讦的《父与子》，也居然出自这位软弱如苇草的小说家之手。事实上，即便是《猎人笔记》这样貌似柔美的田园牧歌小说，我们仍不难察觉出其间自然主义小说所没有的俄罗斯老风雷，就滚动在那些无知无识仿佛认命了千年以上的老农民老农奴生活底层。

也因此，在彼时议论横飞各成派别人人刚硬似铁的俄国知识圈中，屠格涅夫“柔软如蜡”（他的诗人朋友波隆斯基说的）的流体特质，使他的思维得以真实渗透了森严且彼此愈来愈难对话、愈不屑于相互了解的分明壁垒，成为一个最纵观全局的人——根本上，屠格涅夫颇坚守他欧化自由主义者的位置，但多少视之为自己难以更替的人格特质甚或不由自主的“命运”。他解释自己，带着几近是示弱的深彻反省，而不是自我护卫；他也积极理解对手，不是为着逮住对手的议论缝隙予以迎头痛击，而是寻求和解乃至于可能的对话融合之机。于是，他不只了解自己的长处，更深入自己的弱点；不只知道对手的空门所在，更不吝于注视并真诚肯定对手的最坚强部分。只是，这从不会是个愉悦的发现，而是包含着痛苦拉扯的寻求过程，和终极性的永恒撕裂。

这里，我们先来看屠格涅夫的一篇议论文字《哈姆雷特与堂吉诃德》，这其实是一八六〇年他的一篇演讲稿——文中，屠格涅夫把哈姆雷特和堂吉诃德这两位不朽的文学人物对比为两种极端的典型，让我们想到稍前赫尔岑的著名譬喻，赫尔岑曾以罗马的双面门神杰努斯和俄罗斯的标志双头鹰来说明彼时俄国的西化派和斯拉夫主义派，“他们眼睛看向不同的方向，但胸膛里跳动的却是同一颗心”。

差别只在于赫尔岑的话说得稍早，在两造尚能维持风度彼此对话争议的美好时日里。

堂吉诃德是纯洁无邪的理想主义者，他有永恒的、天塌下来也分毫不动摇的自我信念，并慷慨用整个生命赋予实践，不嫌恶衣恶食，不惧牺牲，不掺私利，更不在意任何人的讪笑侮辱，“奋斗目标始终不变使他的思想有点单一，想法有点片面；他的知识不多，再说他也不需要什么太多知识，只要知道他自己在干什么，为什么活在这世上，这便是最重要的知识了”。

如此简单的知识和坚毅不容变动的目标，屠格涅夫进一步指出，“堂吉诃德有时完全像个疯子，因为最确凿无疑的东西也会在他的眼前消失，好像蜡一般在他的热情之火面前融化”，就像他真的把木偶看成活生生的莫尔人，把羊群看成骑士一样。

相对于堂吉诃德，哈姆雷特则是个洞悉现实复杂世界的绝顶聪明之人，他分析一切，包括眼前万事万物，包括他自己的每一处弱点，包括他的每一个可能行动的结果，这不仅是“谁若在做出牺牲时认为先得核计和权衡自己行为的一切后果和获利的可能，那他就未必肯牺牲自己了”；更致命的是，如此的透明性等于提前为哈姆雷特的年轻生命带来终点，意义和价值在宿命性的乏味空虚中彻底瓦解。因此，哈姆雷特能做的就是

“想”，一种极度发展到已是病态的思索不休，诉诸本能的行动早被取消，而仰赖意义的行动又提前被戳穿。

哈姆雷特便是这样一个彻头彻尾的怀疑主义者，但屠格涅夫精彩无匹地指出，哈姆雷特却是个诚实的怀疑主义者，这是他痛苦的根源。哈姆雷特用否定的眼睛看整个世界，但“他的否定并不是邪恶——其本身便是反对邪恶的。哈姆雷特的否定固然怀疑善，但并不怀疑恶，而且同它进行激烈的斗争。它怀疑善，是怀疑它是否真实和诚恳，而且它抨击的不是善，而是伪善，在伪善的幌子下隐藏的依然是邪恶和虚假——它的宿敌”。而如此诚实且细腻的分辨，所带来的终极行动困境便成了，“当应该加以破坏的东西和应该加以保护的东西往往混在一起、紧密相连时，又怎么把这种力量控制到一定的程度，怎么为它指明该在什么地方止步呢？……决心的炽热光彩，被审慎的思维蒙上灰色……”

由此，在一边是洞悉一切却注定无所事事的哈姆雷特们，另一边是半疯癫的堂吉诃德们，屠格涅夫问了这么一个哀伤的问题——难道为了相信真理就得当一个疯子吗？难道一个能够自制的聪明人倒为此而变得一无所能吗？

七年长夜之后

一八六〇年这篇文章中，屠格涅夫之于哈姆雷特的解析和追问尤其精准，因为那等于是他为自己发问的，终其一生。

《罗亭》这部小说发表于再四年之前的一八五六年，大体上正是这个人生大疑正式叩问的开端。

《罗亭》是一部结构严谨、宛如一出戏的小说，清晰到几近肖像画般绘制出一种典型人物来。小说中他名叫罗亭，但却是彼时俄国上流社会和智识界遍在的人物，也就是所谓“多余的人”。

多余的人，说真的，事情倒没有字面上所显示的那么不堪，而是同时包含了几分自嘲的幽深意味。这类人，我们应该说，其实是古老沉睡如万古长夜的老俄罗斯帝国中第一批醒过来的人，负责叫醒他们的闹钟是彼时领先发展、领先自省也领先革命的西欧。但几无例外的是，由于当时阶级分割森严如死水的俄国现况，真正有机会在此第一时间听见西欧革命召唤的人，只限于拥有贵族身份、有食租者财富才可能到莫斯科或圣彼得堡大学读书、没事持续思考、阅读舶来文字乃至于出国旅游赴西欧实地朝圣之人，而且通常他们的年纪不会太大，在沙皇大致呈同心圆的权力结构中不杵于太接近中心的位置，因此他们有充足的道德热情，有够用的时间、金钱和未竟野心，又没牵制着脚步的各式包袱，包括得用力护卫的既得权位、烦人的经验细节，以及要求舒适轻暖的不中用身体云云。

如此的年龄状态和恰恰好的社会位置构成了这样一批人觉醒的动人优势，但也不得不预言了他们的脆弱。毕竟，年纪和社会地位皆是在时间的四季变换中最流转凋落的稍纵即逝东西；除此而外，这一批人还有另一个近乎宿命的死角，那就是，在他们看向新世界沧海之阔轮船之奇、兴高采烈议论滔滔的同时，他们原本就四体不勤的贵族身份又让他们隔离于祖国广大的贫穷黑暗农村实况。也就是说，他们要拯救的是他们背对着的那些人，要解决的是他们并不了解的问题，而且人数之众多如星砂，问题之难不下于登天，那样蒙昧、反动、罪恶盘根错节的可怖实况，先不说真正对付起来何等绝望耗时，光是正视它就足以吓跑所有不解世事的热情。

问题是，他们要做的事、要拯救的人还不止这些。这是一批胸怀广阔如山如海的人，民族、国家的疆界限制不了他们，他们同时同情并串联整个欧陆各地的革命者，关心着全体人类的生活和未来命运。

当然，“多余的人”这个贬辞是稍后才被看破手脚流行起来的，一开始，这一批人都是英雄、是先知、是清醒的声音、是上流人舞宴沙龙的宠儿、是俄国稍有知识稍有良心的人希望之所系，包括一部分沙皇的实际行政官员都这么看待他们。然而，除了时光流逝、社会实况暗转这样持续的剥蚀力量之外，更致命的一击出现在一八四八年。一八四八年是怎么样一个年头？这是西欧革命风起云涌的最高峰一年（就连马克思和恩格斯的《共产党宣言》也发表于这一年，虽然这事于当时的西欧半点也不重要，至于马克思对俄国产生影响那更是一八七〇年以后的事了），也是西欧革命整体溃败且一切到此为止的终结一年，反动势力全面回头掌控整个欧洲秩序，而僻于东方一隅的沙皇也担心这场革命瘟疫蔓延过来跟着行动，除了断然出兵荡平匈牙利革命之外，更重要的是，沙皇开始展开俄国全境的镇压肃清工作，抓人入狱或送到西伯利亚，检查所有的言论和文字，并大量裁减大学生数额（革命者最大最直接的补充货源）以厉行“净化”。这就是整个十九世纪俄国最黑暗的蒙昧时刻，从一八四八到一八五五，历史上称之为“七年长夜”，赫尔岑并下过如此注解：“活过当时的人，都以为这条黑暗隧道注定是没有尽头的。”

在这整整七年之久的永夜中，首当其冲的自然就是眼睛西望欧陆的这批人，死状最惨的当然也是跟着西欧滔滔议论的这批人——这里，我们简单借用以赛亚·伯林的描述，“一八四八年革命既败，为法律和秩序势力所轻易压平的欧洲革命知识阶层信誉扫地，随后便是一片深刻幻灭的气氛，时人不复信任进步观念，也不复相信可借说服或具有自由信念者所能利用的一切文明手段来和平获致自由与平等。”“卡特科夫转为保守的民族主义者，陀思妥耶夫斯基转向正数，克鲁鲍特金离弃激进主义，巴枯宁签署一份言不由衷的‘自由’。”

至此，俄国的进步力量掉过头来了，浮上主流地位的是年轻一代的民粹主义者，他们轻视议论，强调行动，并对上一代的这批人展开严酷的批判，让他们真成了“多余的人”。

其中，我们尤其要说的是巴枯宁，这位最华丽也最空言的俄国革命过动儿于一八四九年在撒克逊一地被捕，一八五一年解送回到俄国，系狱期间，他甚没骨气地写了一篇忏悔告饶的自白书上呈沙皇——巴枯宁正是罗亭。

一出荒谬剧

屠格涅夫正是依据他昔时尊敬过、热爱过的巴枯宁为原型来写这部小说《罗亭》的。这个文学掌故，揭示了这部小说真正的思维纵深，让《罗亭》一书显现了深沉的自省，而不仅仅只是对某一个或某一类孔雀般之人的辛辣嘲讽而已。

小说中，屠格涅夫安排罗亭这个人的出场，就是一幕宛若天神降临的戏，那是在某省城三等文官遗孀达娅·米哈伊洛夫娜豪宅的一场精心晚宴，所有的闲杂人等皆已到齐就位，巴巴等待着在宫廷担任侍从官又是念黑格尔哲学的男爵大驾光临，但翩然现身的却是三十五岁的罗亭，这位身材高挑，“有一双水汪汪、亮晶晶、灵活机智的深蓝色眼睛”的不速之客，他代替有事缠身不克出席的男爵，却开口几句话就收拾了爱挑衅、爱故作惊人之语的人渣皮加索夫。他谈信念、谈文明、谈真理，也谈舒伯特、谈德国柏林和汉堡、谈大学回忆，还诗意地以一则斯堪的纳维亚的美丽传说作为整晚上天入地谈论的收尾。于是，在场久不闻新鲜空气的昏昏欲睡宾客像做了场好梦般全部精神奕奕地醒来了（皮加索夫除外），米哈伊洛夫娜的美丽女儿娜塔利亚眼睛无法从他身上移开，恋慕娜塔利亚的年轻人沃伦采夫对他因此又尊敬又妒忌，至于有钱有闲的女主人米哈伊洛夫娜则当场决定非把这人留下来不可，这在往后的社交晚宴上是多么可炫耀的一颗钻石不是吗……

在如此忽然卷起的罗亭旋风之中，只有一个怪人不为所动，一个冷漠、不理会省城公众活动、普遍被看成怪人的地主列日涅夫。列日涅夫显然有不错的学识，而且跟罗亭还是旧识，但大概不是什么太愉快的记忆，因为他对众人眉飞色舞的罗亭现象谈论，总是不无愤懑地一桶一桶冷水浇过去。

然而，真正把罗亭打回狼狈原形的，既不是尖酸但浅薄的皮加索夫，也不是仿佛手握什么昔日不堪秘密的列日涅夫，而是爱情从天而降但仍异常坚强冷静的娜塔利亚——她遵循着罗亭的浪漫议论之路前进找到爱情，终点处正是熠熠发光的罗亭自己。小姑娘勇敢地向罗亭表白，但罗亭自己却在此节骨眼上退缩了。他当下的反应是，害怕女主人已知道这事，害怕女主人不同意，甚至还懦怯地担心女主人不再接待他不让他在此庄园住下去，但最终，罗亭还是因此风波不得不落荒而逃，两手空空，只带走积欠的两百卢布债务，“一俟我回到T省自己的乡间，就会寄出……”

文学的屠格涅夫，把偌大的俄国知识分子悲剧，结结实实地压缩在一个沉闷的小庄园里成型，成为一出线索清晰的荒谬剧。

在现实世界中自省

故事告一段落，但事情并没结束。

屠格涅夫让罗亭留下两封信，一封就是口头交代债务，给女主人米哈伊洛夫娜的信，一封则给娜塔利亚——屠格涅夫心里想着，很可能正是巴枯宁在狱中写给“接待他的主人”沙皇那封著名的自白书。

以赛亚·伯林以为，巴枯宁在自白书中并非全属违心告饶之言，也包含了相当程度的真心话乃至自省，罗亭式的真心话和自省——“我生性并非江湖郎中，不过，这不自然而且不幸的困境（以事实言，我自己要对这困境负责）有时候使我不由自主，变成江湖郎中。”而更恳切的是，巴枯宁说他最恨的就是平静无波的人生；说他最热切渴盼的永远是异想天开之事——只要是异想天开什么都成——以及闻所未闻的冒险，永久不断的变动、行动和战斗；说他在平静的日子里总有窒息之感……

巴枯宁的自省，或说罗亭式的自省，大致只能穿透到这种地步为止，往下，得借助列日涅夫，或说屠格涅夫的眼睛才可能。

小说中，冷漠如局外人的列日涅夫不负责破案式的揭露真相，而是负责解说这一切的人，他在罗亭春风得意的时刻讲难听的话，却在大家打落水狗的日子里挺身为他辩护。他比任何人了解罗亭，那是因为他也曾听着罗亭的滔滔议论而两眼发亮并试图跟随而去，如同小儿闻听斑衣吹笛人的甜美幻惑笛声，那是他念大学心犹火热的年轻岁月，他正是上一个娜塔利亚，甚至还是一部分的罗亭。因此，列日涅夫便不仅仅是个透明不沾身的评论者而已，他的批判和辩护，其间于是有其极深沉哀伤的自省成分，而不是一场痛快淋漓而已。

也就是说，《罗亭》小说是屠格涅夫本人一次全面的自省，因应着一八四八后七年长夜这一场信念危机，一次对自我并不留情的自省，这是《罗亭》一书之所以极其特殊的理由。

小说史上，深切自省乃至于忏悔告解的小说并非不常见，尤其现代主义以降人回头紧紧瞪视一己的肉体和灵魂，说穿了不自省不忏悔还能写些什么？而即使在现代主义大驾光临之前，在比方说屠格涅夫所在那个时空里，我们也看到陀思妥耶夫斯基大部分的小说，看到托尔斯泰的《复活》，这本来就是西方思维传统的很重要一面，可一路上溯到圣奥古斯丁作为一个清楚的地标和范本，再往前衔接《圣经·旧约》的先知书。

然而，《罗亭》不是这样子的忏悔之书，不是这样子仰头面对着一个至高无上的审判者（不管真实的或虚构的），把一己的肉体和灵魂彻底剥光，就像你到大医院安排全身健康检查所必须做的那样，巨细靡遗从内部循环系统到表皮组织的霉菌感染云云，摊牌一样哪里也不放过，好找出罪恶的终极根源，以涤清自己，救赎自己。

不，屠格涅夫的困惑还没到这种地步，他仍有愤怒，对同志也对自己，《罗亭》是现实之书，还没从现实撤退同善恶本体的抽象论述世界里。欧陆的革命全面挫败，华美如花的论述和梦想（如巴枯宁所揭示的“一个新天、新地、一个迷人的新世界，在此新天、新地、新世界里，所有的不和谐都汇流成一个和谐的整体——民主而普世的人类自由教会”云云）撞上冷酷反智但意志力十足的暴力，原来这么不堪一击，那些才气洋溢曾经如希腊天神的同志累累如丧家之犬，大家的原形原来是这么轻浮、这么虚矫不实、这么自怨自怜，以及这么懦怯。

尤其是懦怯，这是屠格涅夫最熟悉的，这构成了罗亭的性格主调。乍看吊诡的是，在昔日大家快乐挺进时，那个看起来最胆小最不安、简直像偷偷跟在最后头的屠格涅夫，在此大撤退的一刻，反倒成了撤退得最慢最少的人之一。这不是因为他老兄动作迟缓跑得慢，也倒不是疾风劲草的原来拥有着什么不为人知饱受误解的坚毅本性，而是因为——我们这么说好了，他是一个敏锐纤细的小说家，而从不是个痛快开阖的煽动家革命者，他从来就习惯察看事物的必然缝隙，尤其是信念和实践之间的缝隙，梦想和现实之间的缝隙。因此，挫败是可思议可冷静解释的，甚至早在他内心深处一再预演过了，不是晴天霹雳，更非宗教神秘之事；也不代表你的目标信念不对，不是至善，从而不能在亘古的善恶大战中得到应许式的必然胜利。

没夸张的一飞冲天，就没粉身碎骨的高空解体坠落；不建构华美的巨厦，也就不会有轰然一声的崩毁。在《罗亭》小说中，甚至终屠格涅夫左顾右盼、畏畏缩缩的一生，他并未怀疑过那些基本的、普遍意义的进步价值，对他而言，挫败是绵密的、如影随形的，每日每时都发生的事，而不是一次猛爆性的总清算。也因此，屠格涅夫比较像个小病不断且久病缠身的元气虚弱之人，而不像个乍闻自己身罹绝症的绝望病人——绝望是对大大小小、千万头绪不同难题的一次抹平，接下来通常便是假设我们身体内部往一个不受我们操控的小尺寸恶魔，或我们的身体之外云端之上俯视着一个简直连上帝都对付不了的大号恶魔。我们把失败和犯错的责任丢给他，他正是一切人间之恶的真正源头，我们可能还是痛苦，但我们也因此很平静，因为道德责任卸下来了，可以入睡了。

这里，屠格涅夫坚毅杵在现实的纷扰世界不退，很带种很勇敢，这不是他性格使然，阻止他落跑的，是他认真的小说家身份，那个总是认真在拉扯的两端寻求可能的小说家身份。

最后的不期而遇

小说的时间飞也似的又过了几年，屠格涅夫让罗亭和列日涅夫这两个不对盘的老友再次不期而遇，时间是气氛十足的某个寒冷秋日，地点也是气氛十足的逆旅客舍——屠格涅夫在这种地方是很“小说家”的，往往准确到呈现出某种太理所当然的舞台效果出来，这方面他总是不如托尔斯泰的辛辣老练，也不如契诃夫的拙朴天然。

几年尘埃落定，列日涅夫仍是列日涅夫的样子，仍是个悠闲的地主，只更幸福地娶了沃伦采夫（已是娜塔利亚的丈夫）的温厚姊姊亚历山卓·帕夫洛夫娜；变的是罗亭，他个子还是高，但身子佝偻，头发也全白了，穿着的是一件带铜扣的棉绒常礼服，当然也跟它的主人一般破旧了。

从罗亭口中，我们知道他这些年仍四处游荡，寻求能接待他，以及接待他那些变换不休但从不改异想天开的人生大梦。他在莫斯科为一个雅好科学的老财主进行大张旗鼓的农业改良计划，在一个当朝显贵身边当秘书，碰到一位和他有拼（一样穷、一样异想天开）的理想主义者，联手想将K省的一条河流改良成通航的水道。最终，又像四下碰壁的理想家如孔子般，看破现实一切，想将希望寄托下一代地教起书来，凡此种种——

太戏剧性的部分不谈，这段小说的“尾声”部分其实是很感人也深刻的，两个爱恨交织的老朋友，在伤痕累累跋涉过广漠让人迷失的俄罗斯黎明岁月之后，坐下来回忆并终于有机会和彼此说最直接的话——列日涅夫对罗亭说：“……你不能站住脚跟……是因为你身上有一种令你心神不宁的东西……你身上燃烧着热爱真理的火焰，”“我们的道路不一样，也许，正是出于我的社会地位、冷漠气质以及其他一些幸运的情况，没有任何东西妨碍我深居简出和做一个袖手旁观的观众，而你则必须到地里去，卷起袖子，劳动，干活。我们走的路是不同的……但是你瞧，我们彼此又是多么接近。我和你不是几乎用同一种语言在交谈吗？……我们是在同一种感情基础上成长的，要知道，兄弟，我们的人留下来的很少了；我和你可就是最后的莫希干人了！”“也许，你就应该这样永远漂泊，也许，你正是以这种方式来执行你自己也不知道的崇高使命，难怪民间有一句至理名言说，我们大家都听天由命。”

《罗亭》小说原来最末尾的几句是：“在这样的夜里，那些坐在家里，有一个温暖角落的人，是多么好呀……愿上帝帮助所有无家可归、漂泊四方的人吧！”——这呼应了稍前列日涅夫对罗亭温柔的最后叮咛：“但是请记住：不论你发生什么，你总是有一个地方，有一个窝巢可以躲藏。那就是我的家……你听见了吗，老伙计？思想有它的残疾，应该也让它们有个栖身之处。”

是的，思想的确总不免有它的残疾，但也应该有它栖身之处。

又四年之后的归宿

一八六〇年，真实的时间，漫无尽头的永夜过去，在《罗亭》小说再版时，屠格涅夫为漂泊如九飞蓬的罗亭写出了最后的归宿，成为这部小说如今的结尾——罗亭当然没寻回列日涅夫的农庄（懦怯的人仍有他最终的傲骨？），他随风去了更遥远更华丽、被本雅明称为世界首都的法国巴黎。小说时间注明是一八四八年六月二十六日，当然就是革命风起又旋即被镇压下去的日子，在巴黎著名的某一处革命街垒，溃败奔逃的时刻，一名个头高大，身穿旧礼服，腰间多束一条红巾的白发苍苍之人，双手分持红旗和马刀，以尖细的嗓音大喊着仿佛要唤回人人救死不暇的同志，但枪手瞄准了他，一颗子弹穿透他心脏，让他“像只袋子一样，脸朝下倒了，就像朝谁跪下去似的——”。

这个屠格涅夫又想了四年之久的慷慨赠礼，就革命的逻辑来看，以赛亚·伯林说，屠格涅夫给了罗亭一个巴枯宁没能做到的死亡、一个体面得其所哉的死亡。

再稍后，高尔基也说了一段话，仿佛作为列日涅夫说法的注解，更像罗亭的墓志铭：“假如注意到当时的一切条件——政府的压迫、社会智慧的贫乏以及农民群众对自己任务的缺乏认识——我们就应该承认：在那个时代，理想家罗亭比实践家和行动者是更有用处的人物。他这个幻想家是革命思想的宣传者，是现实的批判者，他可以说是在开拓处女地，可是，在那个时代，实干家能干出什么来呢？”

高尔基革命语法的注解，倒是很容易让我们想到，所谓“多余的人”，是什么多余了哪部分多余了？针对什么而言多余了？生命本身的丰盈自在，一朵花一片云多不多余？我个人想，多余，基本上是一个功利性的用语，隐含了工具性的冷酷判准，唯有在现实世界某种单一性提问要求的大前提之下，才构成多不多余的判决，并由此延伸成为某种道德控诉；而现实的世界要求愈单一、愈迫切（这两者常常是二而一的）的时刻，多余的人、多余的事物、多余的才华和思维也就愈多。于是，铲除的召唤便有了合法性，就像屋子脏了乱了，你当然就得打扫、清理并把无用的垃圾倒掉一般。自由，便是容忍多余，可能的话，还欣赏并赋希望于多余，历史的记忆在在告诉我们，溢出我们当下认知和需要的多余，经常带给我们囿于自己有限认知、因此想象不及的礼物，这就叫惊喜。

因此，人的工具化并不只因为资本主义，资本主义只是其一，而是来自单一的思维、单一的意识形态、单一的功利目标从而工具性的切割本来是纷杂、自在、丰富、完整的人。

而即使在大致单一结实的总目标之前，高尔基的话提醒我们，事情还是有着阶段性的变动和不同要求，毕竟，不管是翻覆性的革命或一步一脚印的社会工程，它对我们原本非工具意义的人最大的悲剧是，它往往是庞大的、耗时的、远远超越我们人寿的。于是，有限生命和有限才华的我们便不免在季节的转换中，成为见捐的秋天扇子或春日棉袍，成为一八四八年之后的多余之人。

时间也许是站在我们的信念这一边的，但时间却通常不站在我们个人这一边，正因为这样，我们才多么需要宽容和自由，让我们这些个个有残疾的人有栖身之地——这就是，如屠格涅夫的最后一句话，德米特里·罗亭。

最好的时光

阅读侯孝贤

你的幸福时刻都过去了，而欢乐不会在一生里出现两次，唯独玫瑰一年可以盛放两度。

——爱伦·坡

侯孝贤的四部电影，从一九八三年到一九八六年连着四部，内容是一九七一年之前的自己，这是侯孝贤最言志的创作时期（如果侯孝贤也方便分期的话），更是他生命中最好的一段时光。

其中，《童年往事》就直接是侯孝贤本人二十岁之前，《风柜来的人》里四个年轻人，一如片名所明白揭示的，系由离岛的澎湖风柜过海到高雄大城市出社会讨生活，这部分大框架可能是虚拟的，但经验细节私情感细节也仍是侯孝贤的（现实里，侯孝贤自己则由高雄县半封闭性的公家宿舍北上来台北）；至于《冬冬的假期》和《恋恋风尘》两部算是借来的故事，但由于商借的主体是朱天心笔下和吴念真口中的各自童年一角，皆生长在那一段同质的时间和空间之中，侯孝贤吸取并再现出来并没困难。当然，最终我们不免看得到某些无法消化殆尽的异质成分留下来，形成题材和创作者之间的某种“距离”（还远远不足以称之为“断裂”），不像《童年往事》《风柜来的人》那样完全叠合一体成形，但这反倒也带来某种反觇和对话的趣味，视野被迫拉扯开来，眼前的天地因此扩张得更大更高旷。

说来好玩，我们的确在这段时期的这几部侯孝贤电影里看到极高旷的眼前世界，空镜头，长镜头，远镜头，有时更空更长像心思飞逸发起呆来似的或甚至盹着了过去，也有时远得看不清或至少分辨不清，得眯起眼睛并耐心等待猜测，蜿蜒于远远山边曲径的蛇状行进队伍，究竟是欣喜落泪的嫁娶还是哀恸逾恒的送丧之行，浮起沉落于田埂彼端，稻禾之上的那两个追逐人影究竟是扑蝶为戏抑或斗殴追打……最终，这还成为侯孝贤的电影美学和哲学（需要讲理解释的），再进一步成为侯孝贤的电影风格（由此再不必讲理解释了），成为我们乃至于全世界（侯孝贤便是以这四部电影奠定他全球性的巨大声名）尊敬他或忍受他的焦点所在，成为侯孝贤之所以是侯孝贤。于是我们还开玩笑说看他电影得自备枕头和望远镜，好看清究竟并“记得在这个镜头结束时叫醒我”。

不知幸或不幸，我个人认识侯孝贤于他尚未功成名就的时日，始终难以相信他沛然的创作力中有太多神秘近乎宗教天启的什么，再者，我也始终相信侯孝贤系直感的、注目于实物实事实人的创作者，这一切必定有更素朴更亲切的解释才对。因此，不晓得对不对，我总认定这个阶段的侯孝贤是个极专注认真到近乎谦卑的导演，他没分心改变自己的“大小尺寸”，以及和眼前世界的一贯相处关系和观看角度，相反地，他还转头回到自己的童年和少年岁月，电影镜头那些力足以仿制成上帝俯视穿透一切的多样功能他也没用，只让镜头单纯回复为人的眼睛，一种有着基本生理限制、会被阻拦、会有一定及远能力、也会看得到但看不懂的人的眼睛——这是侯孝贤曾经且一直保有的眼睛。

一九七一年之前，甚至于二十岁不到的小侯孝贤，还像微尘一粒般谁也看不见更无须看见的侯孝贤，也因此，他眼前的彼时世界相对总大了起来，高旷起来。

“小孩／旁观者”的位置

有回我们问侯孝贤，如果有机会而且有必要细说一次他自己的电影，比方说写本书什么的，他会怎么来。侯孝贤想了一下，直接讲起他小时候偷摘别人家杧果的事，果然还是从最实体的一株大芒果树开始——这株极大，枝桠极茂盛（很可能是相对于彼时幼小的侯孝贤而言）的老芒果树是别人家的，但当然一直是附近小孩觊觎并时时下手的对象。侯孝贤说他贪心又胆子大，别的小孩摘了就跑，他则采取“现场先吃饱再摘回家”的战略，也因此，他每回停驻在树上的时间遂被拉长，甚至树下来了大人乘凉下棋什么的，他还得无限期被困在枝桠绿叶之间下不来。侯孝贤说，这也是他电影经验的第一次震颤，原来有这样不同以往的位置，不同以往的角度，从人们脑门稍高之处静静看他们的活动（你甚至稀有地看得到大人的头顶了，虽然实质上没什么好看可言），原来如此。

这其实很像胖史家亨德里克·威廉·房龙“阁楼上的光”的读史启蒙经验，年龄相仿，打开眼界的观看高度角度也大致相仿，可说是房龙经验的台湾在地盗窃版——房龙在他的名著《人类的故事》序文中，记叙了小时候他叔叔第一次带他上家里阁楼的光景，他们推开尘封的天窗，望向日光下的外头世界，房龙的眼前便是诸如此类的光影明迷，众生芸芸。房龙说，对他来说人的历史就这样，就这幅图样。

而芒果树也好，阁楼也好，高度全都有限，没到云端，当不了上帝（如张爱玲那样“云端里看厮杀”），这只能是没事小孩的位置，是旁观者的位置——这两个身份本来就极容易重叠一起，还没被允许充分参与世间活动、从而相当程度透明的小孩，本来就一直是最干净的、最方便也最专业的旁观者。

这个“小孩 / 旁观者”的特质，其实一直在侯孝贤的电影中体现得相当清晰，它使得侯孝贤的影像在质地真实如纪录片的基础上，仿佛用双手的拇指食指再框出一个毋宁更舞台剧式的似假还真戏剧空间，同时存在着当下的专注（甚至极暴烈的专注）和永恒的心不在焉，交替着短暂暴冲和流水悠长的戏剧节奏，并敢于一再探试生老病死最深沉的悲伤但也一直不会失去

“遗忘 / 重来”的必要回身空间。

由此，我们来看侯孝贤电影世界中的界线和越界冒险的问题，这是我个人最喜欢的部分，也是年龄老大之后最容易起乡愁的部分。

一大一小的背影

本来最经典的应该就是《童年往事》后头走回大陆老家的那一段，年幼的侯孝贤温驯地陪同失忆糊涂的老祖母，在某一个天起凉风日影翻飞的午后，写实地走上魔幻的大陆回家之路。但这太容易被粗暴地粘贴各种讨厌的政治联想和猜忌，因此，我们可以改选《风柜来的人》中的另一段，四个年轻兽性大发的澎湖大笨蛋，被大城市的骗子以“A 片”为饵，花了好几百块只依指示寻到了施工中的大楼顶层，眼前豁然就是开阔无比的整个大高雄市全景，初次见面，尚请多多关照。

米兰 · 昆德拉所说，人在无限大的土地之上，一种幸福无所事事的冒险旅行。

我个人一直相信，侯孝贤电影世界中独特的高旷悠长之感，是一种整体性的观影感受，并非技术性地真来自他偶尔也不免风格化的空镜、长镜、远镜云云，我想这些只是他尽力想捕捉并表述如此感受的必要和不得已手法而已，真正的高旷源自人自身，源自一个远比现在小（年纪、知识、经验、能力等等）的侯孝贤，曾置身于一个远比现在大的世界，在那里，冒险旅行才成其可能，或更正确地说，任何的行动都有可能变成冒险旅行，像爱丽丝追一只兔子掉入那不可思议之国一般。

但无限大的土地，无限长的时光是什么意思？无限只是个抽象的概念，不是文学、电影的可感对象，无限要怎样具象地、实物地来表达呢？博尔赫斯说用实际的、有限的数字（博尔赫斯曾引用吉卜林书中的两句诗：“一座如玫瑰红艳的城市，已经有时间一半久远。”）——如此实际、有限的数字，构成了远处的界线，构成了人向前瞻望暂时性的不可思议终站，但那界线之外，仍有东西，世界仍在向前伸展，你越过一个界线，还有下一个新的界线出现，以及你还是只能猜测、想象，新界线之外仍持续向前延伸的不可思议世界……无限，便是如此由一个又一个封闭你的界线，伴随着一次又一次的越界英勇行动（即昆德拉所说的冒险旅行）所真实连缀起来的“实体”，在这里，无限不再只是空荡荡的“一个”概念，毋宁更像旅程，包容着时间、装满着奇异景观，并经由实践一步一步予以揭开的漫长旅程。

如此的无限感受，由持续的界线张望和持续的越界冒险所构成的无限感受，我们会觉得熟悉，甚至起乡愁，是因为人人都有过，我们的成长，我们的人生启蒙，我们所历经的童年和青春期岁月，大致就是这么一趟不能再回头的旅程。然而，在侯孝贤这四部电影中，他不仅回忆了自身的成长，也同时记录了台湾的童年，台湾的青春试探岁月，因此，土地本身空间本身不再只是个沉默的背景，一个戏剧场域——我们整体性地回想侯孝贤这四部片子，偶然还真会生出极其具象的奇怪错觉，我们好像真的看到侯孝贤和台湾一高一矮、一大一小走一道的动人背影。

一次又一次的越界冒险旅行

《童年往事》中理所当然有这么“初夜”记忆的戏，很滑稽，临阵才畏怯起来的阿哈动用缓兵之计（“先买个西瓜吃”云云）不成，被同伴拉去嫖妓，事后还赚到个小红包，以为此行的纪念。

但也就这么一场而已，与其说侯孝贤处理性经验非常节制，不如说他的回忆非常经验性非常现实，没被等在那儿那一堆烦人的性论述、成长启蒙论述所凭空拉动。是的，第一次性经验很要紧，在生命中也自有它不容抹灭替代的动人位置，但在此同时它也仅仅就只是一次（大型）越界、一个（大型）冒险旅行，并占用一个晚上的时光而已，我们生命中尚排列了一堆也一样要紧、一样令人震颤畏怯的越界和冒险旅行，以及一个又一个仿佛无止境的夜晚。第一次出门上学；第一次离开自己熟悉的巷道和游戏场域，踏入到不认识任何人、属于另一个（敌对的）学校学生居住暨活动势力范畴的陌生之地。第一次偷窃，不管是父亲西装裤小口袋里的零钱或隔壁家种的杧果莲雾；第一次逃学和老师上门访问；第一根香烟和打第一架；第一具收音机、第一张唱片和后来的第一次巷子里谁家买了大同电视；

第一次坐在别人学校别人教室座椅上考联考；第一次父亲或母亲其中一个离家或开刀住院；第一个人生丧礼；第一班毕业离乡到台北找工作的火车……

也正因为没被性启蒙的黑洞整个扯入，侯孝贤所揭示的世界才可能这么大这么开阔，或说保有最原初的、当时当地的新鲜开阔，从眼底的色泽形体、鼻中的气味、耳中的声音到皮肤的触感，每一种知觉都有用、都被动员也都因此都存放了记忆，一次又一次的越界冒险逼使人的感官高度警觉起来、精致起来，但这还不够，你还得极大量地仰仗想象力，因为陌生的事物未知的事物太多了，处处是缝隙，你得以一己的想象来补满它。这里，你参与的是你一整个人，面对的是一整个远超过你负荷的世界，经历的是光与暗交叠持续的完整时间，你不是只剩一点腺体、只接收得到寥寥几个异性活物的气味讯息，并只在夜晚幽黯角落猥亵活动的某种夜行动物而已。

旅行的终站之处

朋友詹宏志，在一篇文章中记叙了英国的一代旅行家查尔斯·道谛首度单人深入阿拉伯沙漠的一段往事——道谛新认识的贝都因友人哲德带他骑骆驼来到一望无际的沙漠边缘，问他能否吃贝都因人食物，问他是否真的决心入此不毛之地，最后叹气说："听我说，卡利伊，如今你将与我们同住此地，你的银钱每年可托朝圣队带来，我们会寻一个女子予你为妻；你若生下任何子嗣，当你要离开这里时，苍天为证，我会照顾他们并视他们一如己出。”

詹宏志的感想是：“他要面临的不是一段行程，而是一场生命的选择，此去尽荒漠，欲入莫回头。口气如此慎重，气氛也就悲凉起来。”

然而，这特殊吗？不可思议吗？在我们和侯孝贤相共的那个世代，我们送人到火车站不就这个光景这般嘱咐叮咛不是吗？你听说小学里哪位同班同学要举家搬迁到不知道远在何处的台北大城市时，心中不也浮现过这样此生别矣的悲凉和誓言吗？《风柜来的人》里不是也都有这样离开澎湖，《恋恋风尘》里不是有这样离开九份山区的戏吗？

此去尽荒漠，欲入莫回头。我们谁会知道才没多少年后会来来去去这么简单方便呢？台湾头到台湾尾也就四百公里而已。

的确，彼时的台湾是远比现在的大，并在我们极目之处延伸向无限，我们力所能及的最后一个界线，通常画在火车站，越此一步，其意接近死亡，因此亲人邻居皆来送行，慎重一如送丧。

当然，从地理上看台湾的大小是恒定的，同比例尺的地图上，澎湖和高雄就隔那指甲大的蓝色海域；而联结着九份和台北的火车轨道，甚至还是吴念真西出阳关那一条没变过。因此，土地的无限大，或说土地由层层界线所形成的无限之感，其实是生于人和土地的特殊关系之中，而且流水般时时刻刻变动着，不恒定，不驻留，不成客观规则，而是情感的、伤逝的历史。

这些层层叠线是怎么来的呢？来自我们各方面能力的极限，

而在侯孝贤电影中，这些极限既是一己身体的，也是社会的，公领域的——我们最先意识到的极限总是身体的，比方说你的眼睛就只能看那么远，两只脚就只能走那么远；再来，我们也会察觉出我们所拥有的工具，从数量到质量，它们总是有其极限，比方就持续以我们的运动及远能力来说，我们所拥有的交通工具、道路系统乃至于使用代价，社会的不同时期，不同进展阶段，皆有其不同极限，从而制约了、限定了我们的生活作为；然后，我们的心智自有其极限，这其中更高比例是社会性成分，比方说我们社会当下的基本知识和讯息所构成的所谓“民智”，我们的家庭亲族结构，我们的经济活动，我们的道德规范和法令规章，我们一时一地笼罩着的大大小小意识形态等等，在在都参与了或部分决定了我们心智的活动能力和可能范畴。

因此，当侯孝贤认真地回忆着自己的成长岁月，台湾遂也同时记忆了自身。

从台湾和侯孝贤这一大一小的冒险旅行背影中，我个人也因此才得以解开一个结，一个我对侯孝贤电影始终耿耿于怀无法苟同的结——那就是侯孝贤电影中屡屡呼之欲出，而且充满向往之情的侯孝贤式“黑道情怀”，我曾不止一次白纸黑字严厉批判过。以为这种游侠列传式的、水浒式的、罗宾汉式的“不义的反面即等于正义”概念，只是侯孝贤个人过度浪漫、过度一厢情愿的虚假想象，那种东西从没在我们人生现实中真正存在过。

但漫游的身影让我想起瓦尔特·本雅明的一段话，出自他那本神奇优美的《发达资本主义时代的抒情诗人》，本雅明提到大仲马的《巴黎的莫希干人》一书，书中的主人翁决定跟随他抛在空中的纸片去寻求冒险，但在城市之中，“无论游手好闲者循何路而行，结果总是被引导着走向犯罪”。

原来如此。原来黑道正是侯孝贤在无限大的土地冒险旅行的终点——或更正确地说，在侯孝贤无所事事的旅行中，物换星移，像昆德拉说的一样，土地开始长出了人工建物，长出了栉比鳞次的大楼，遮住了人望远的目光，拦住了去路，并总把人引导向犯罪。侯孝贤的黑道情怀，事实上是生动地记录了这趟旅程的终点，他停在城市和乡村的暧昧接壤时光之处，不偏不倚就终止在这里。

不再回返的幸福

这正是我把这四部电影称之为“最好的时光”的真正意思，绝不是比较性地甚至排他性地小觑侯孝贤就这么点能耐，只这四部好东西，而无视于他日后完整雄大、如总其大成的《悲情城市》和《戏梦人生》，以及他更后来勇气十足深入陌生城市之中的作品如《南国，再见南国》《千禧曼波》等等；更不是某种老“左翼”的制式乡愁，以修改历史和记忆的方式，硬说某一段贫穷、封闭、蒙昧的岁月远比今天强千倍万倍云云。

所谓最好的时光，指着一种不再回返的幸福之感，不是因为它美好无匹从而我们眷念不休，而是倒过来，正因为它永恒失落了，我们于是只能用怀念来召唤它，它也因此才成为美好无匹。我们的青春岁月正是这样（其实它可能过得极苦极糟糕），而正如侯孝贤所启示我们的，青春还只是如此幸福时光的一小部分而已。

每个好的小说家、好的电影导演都至少有这么一部幸福的小说或电影，像《百年孤独》之于加西亚·马尔克斯，像《夏先生的故事》之于聚斯金德，写完拍完就再没有了，因为它不是源生于概念（源于概念就容易复制了，不管它属技艺性质或人生信念），而是源生于最实体的、最原初的浑然经验，只能有一次的经验——你很难说诸如“我再次尝到了第一次性经验”这样的话，除非只是某种隐喻的说法，或硬拗。

第一次的、最原初的经验就只此一回，像打开就走气盖不回去的汽水一般，它带来了惊异、害怕、兴奋和茫然，我们总是全身震颤起来，从头到脚整个身体动员起来，因此，我们对此的记忆不只保留在脑中心底这一处，它还藏在眼中，藏在鼻中、耳中、舌上，还有折叠在皮肤之中，随时可能又被碰触到，随时被叫醒。

每个好小说家、好导演都有一部如此幸福材料铸成的作品，侯孝贤比较特殊的地方在于，他同时也记忆了台湾这不会回头如单行道的幸福时光。

十年后的今天

最终，我个人还有几句话想说，想对此刻手拿这四部昔日电影的人说——我先假设您一定在当时、也就是电影拍成如火如荼上演的时候就看了这四部电影，此番只是重看，而我真正想说正是，这是对的，该是我们重看这些电影的时候了。

这是我个人近日里常常思考的一个题目——我相信，所有好的书好的电影都应该重看，也因此，我们往往还得拥有这些书这些电影，甚至多少记忆它。拥有，代表你可随时重新开启的“再阅读”，而记忆则是最彻底、最深刻的拥有形式，意思是你从此随身带着它，任何时间任何地点都持续进行着的“再阅读”。

为什么需要这样？因为过去所有的经验一致告诉我们一个事实，令人很沮丧的事实——一本好书，一部好电影，尤其愈是深沉愈是丰富愈是创新，我们总是很难在第一眼就准确看清它抓住它，就算幸运抓住，我们也很难真正地、面面俱到地掌握住它完整的美好，原因很简单，它总是整体地或局部地，超越了我们当下的阅读准确，包括我们的知识准备，情感准备以及道德准备，于是我们一定得多给自己一些回身的空间，好容纳尝试、思考、积淀和消化。

侯孝贤这四部电影也是如此，尤其它们皆生于当时那段台湾新电影风起云涌的特殊日子里，回想起来这些电影仿佛不是电影，而是两军对峙的交锋战场，商业和艺术，保守和进步，本土和舶来，精英和大众，反省和享乐等等等等，搞得每个人都像身披铠甲一般，看场电影像参与一次歃血为盟，像投一次票，像完成一次仪式一般，这么紧张，这么心有旁骛，我们怎么有机会好好看一场电影呢？怎么有可能不错过其中的完整细节、讯息和情感呢?

十年生死两茫茫，十年以上的时间，可以发生很多事改变很多事，这期间，台湾仍持续向前，我们的人生也一样不得不持续向前，但至少，有些纷纷扰扰的尘埃是落尽了，我们的一些回忆、一些思绪于是可以开始水落石出起来。

最近听某人说回忆，解释为什么我们总是随着自己的老去，愈发地容易想起童年，想起我们最原初的时光，只因为——那些最早来的，总是最后一个离开。

从种族一神到普世一神

读弗洛伊德的《摩西与一神教》

古尔德是我个人这些年来最喜欢、最真心叹服的古生物学者，可能还不只是古生物学这一项，还包括他生物学背后的哲学思考，以及他幽默动人的书写讲述技艺。就我个人阅读所及，台湾至少出版了他四部著作，每一本都值得一读再读，其中《达尔文大震撼》书中谈到一段弗洛伊德的精彩发言，有关人的生物演化大关键，究竟是先完成直立的两脚行走？抑或先完成今天我们引以为傲的、以为真的让我们从鸟兽虫鱼中卓然分别出来的硕大“巨脑”？

超过百年以上，包括就事论事的古生物学者，也包括最侈言空想的哲学家文学家，绝大多数都把答案押在“巨脑”上头——人之异于禽兽几希，的确这样，从昔日解剖学乃至今天的基因蔚然成风研究，无不得到近似这句中国古老智者之语的结论，然而，当我们抬头看今天的“末端成果”、看眼前世界被我们人类单一一个物种搞成何等模样，我们人又多奇特多真实差异地从芸芸物种之中悍然独立出来，包括和我们生物条件几无差别的聪慧黑猩猩。因此，我们也就很容易相信，这跑不快、跳不高且根本飞不起来的脆弱人类，所可倚仗的断非生物性的肌骨筋肉，而是“智慧”，或科学点、唯物点来说，大脑。

然而，弗洛伊德却选择站人少的那边，他断言，“人类的文化之所以能发祥，起源于我们的祖先采取了直立的姿势。”——三句话离不开“性欲”本行的弗洛伊德以为，正因为我们采取了直立的姿势，所以人类的感官才从嗅觉改变成以视觉为主（多精巧的发见！），此种降低嗅觉地位的变化，使得女性对男性施以性刺激的主要方式，从原本断续性的发情期气味散发，转变成雌性生殖器官的连续性视觉刺激，因此，人类不是在短暂的排卵季节才进行功能性的交配，而是几乎在任何时候都有性活动，如此持续性的性活动，让人类发展出更稳固的“配偶/家庭”关系，从而人类的特殊文化活动堆积才成为可能云云。

今天，人类早期化石，尤其是南猿化石的持续出土，把胜利判给了弗洛伊德这一端：直立的确是先完成的，大脑只是直立之后的自然衍生物或副产品。但古生物学者的解释远比弗洛伊德的性欲注目来得素朴且全面，就像奥卡姆简明扼要的话：“人类站着走路，所以获得自己的特性；也就是在双手自由之后，才可以得到心智的自由。”

古尔德（以及一干直立派的生物学者）进一步说明，双手解放出来，不再如兽类的前肢受制于着地奔跑的功能（平坦厚实的掌心和平行而生的指头），可执行更精致复杂的抓握之事，开启了往后的工具和武器的制作，这才带动了相应于双手如此功能的必要脑部发展。或更完整来说，人直立起来，这个新的姿势，有机地牵动了整个生物结构的配合变化，从腿骨、盆骨、脊椎到颅骨的外表形态到内部构造的一系列变动，比方说腿骨得更强壮、更富支撑力好独立支起整个直立的躯体；比方说盆骨部位的因此调整使雌性的阴部向前移，从而适合正面的，所谓“正常体位”（只对直立的人类而言正常）的新交配姿势；比方说更有趣更重要的，我们喉部的发音部位因此和猿类有了微差，能发出更复杂、多样、精致的声音，人类往后的语言发展，在这里意外地取得了决定性的第一步等等。

是这些精致的新功能出现，才再进一步牵动了大脑的了不起发展。

说大脑是衍生物、是副产品，并没要否认今天一个人皆可见的素朴事实：人类今天暂居于万物之上，拥有伟大（或作恶多端）的力量的确主要来自大脑——这里，古生物学者溯回洪荒的时间之路，只是忠诚地为我们揭示事实。生命持续浸泡在偶然的、随机的大海之中，面对当下的、局部性特殊性的环境敌意作出一次又一次细致的调整、回应并奋力突围向前，很多日后证明是最重要、最强力的成果和发明，往往并非始料所及，在最原初既非目的，其发展路程也不是直线。就像古登堡当时发展了印刷术原为了传教，却让人的知识因此取得惊人的传布力量反倒瓦解了神；就像我们今天消耗量惊人的男性圣药“伟哥”，本来是因为心脏血管的治疗功能而生的，却在更形而下处找到沛然莫之能御的威力。

这种随机的、不存在终极意志和目的的生命进展“模式”，通常会让人沮丧、爽然若失，但古尔德建议我们由此去欣赏生命的丰富、缤纷和自由，去欣赏生命如何在次次不同但持续施压的天择底下各自勇敢前进，这正是他另一部著作《生命的壮阔》书名之所从来——我也建议我们至少先记得如此“模式”，这会提供阅读这本《摩西与一神教》另一个有意思的视野。

摩西，一个被杀的埃及人？

《摩西与一神教》是弗洛伊德对人类思维世界的最后一次贡献，或说最后一次闯祸。它事实上由三篇（三波）论文所组成，其中第三篇的《摩西，他的人民和一神教》直到一九三八年春天他逃离欧陆抵达英国伦敦才发表（当时弗洛伊德说：“我又能讲话和写作了——我差点说成是‘和思想了’……”这是颇辛酸的告白），这时他已高龄八十二了，而整体成书则还要等到来年的一九三九，事实上这也正是弗洛伊德撒手死去的一年——因此，这本尤其对弗洛伊德本人犹太裔身份极具爆炸力的书，的确有种“打了就跑”的意味，至少如果愤怒的犹太人要拿石头打死他（根据《圣经·旧约》，系承传自摩西律法的古老犹太刑罚）也来不及了。

今天，我们所读《圣经》的前五篇，《创世记》《出埃及记》

《利未记》《民数记》到《申命记》，习惯称之为“摩西五经”，这个并不精确的称谓，并非断言犹太人的“信史”由此开始，但一般比较信靠历史而非宗教的学者倾向于相信，犹太民族的模糊建构成形可由摩西作为一个起点，如《利未记》的祭司阶级建立并世袭，如《民数记》的十二支派分割确定以及人口普查，如《申命记》的律法订定云云。由此定点，犹太人才回头回忆之前的约瑟、雅各、亚伯拉罕、诺亚直至亚当夏娃，拼凑出他们的来历和创世神话，因此，摩西是犹太人的第一个先知，也是第一个民族英雄，他把犹太人从埃及法老王统治底下带领出来，也把犹太人从蒙昧不明的历史之中带领出来。

但弗洛伊德却说摩西是埃及人，一神教是埃及宗教，而且摩西还被他的犹太子民所弑杀，一切荣光归于外族，源自敌人，光是这份勇气和想象力，这本书就值得我们一读。

但这是真的吗？我想，一开始就急着问这样的终极答案尽管很人性，但却是不太恰当的。正如弗洛伊德说的，“如果所流传下来的关于过去的一切，都是我们称之为传说的，一些不完全的和模糊的记忆，那么，这对艺术家来说具有特别的吸引力，因为在那种情况下，他可以自由地根据他想象的欲望来填补记忆的空白，来描绘他希望根据他的意图来再现那一段时期。一个人几乎可以这么说，传统愈是含混不清，它对于诗人就愈有用。”因此，比较正确的方法是压住我们对真假判定的渴望，好好欣赏一次思维的诗意演出，把疑惑保留到路的末端再来下判决，甚至不下判决，留住疑惑成为我们再思索再学习的强大驱力。

这部诗意的《摩西与一神教》，如果我们不从论文分篇的角度，而从编织论证的角度来看，它明显断成两大块：前半是弗洛伊德在《圣经》经文、传说和历史材料的采撷拣择；后半则是个“打回原形”的数十年如一日的一贯心理学老本行老主张。很清楚但多少有点狡狯的是，其中真正居指导作用、属于弗洛伊德“意图”或“想象欲望”的，显然是后半段才露出的心理学主张这部分（“创伤”“压抑”“记忆／失忆”“弑父”“禁忌”“图腾”云云），由此坚定的指引，弗洛伊德选取了他所需要的历史材料和解释，包括埃及史上短暂出现如昙花又旋即消灭的“阿顿神”一神改革、包括摩西的埃及王室身份或说童年奇遇、包括利未人祭司阶级的身份来历之谜，以及细琐但让人会心的、摩西不善言辞的圣经明文记载，需要由亚伦代言。弗洛伊德以为这正是摩西埃及人不懂犹太语言、需要同步口译的证据（至于摩西初次需要口译的谈话对象是法老王，要说服他准许犹太人离开，这就没办法面面俱到，只能说是传说的变形了）。

总的来说，在这个充满想象力的弗洛伊德剧本之中，真正关键的是摩西死亡这件事，不能让他如《申命记》最末尾，登尼波山，站上毗斯迦山顶遥望许诺的迦南地，咫尺天涯的孤独平静死去（“年一百二十岁，眼目没有昏花，精神没有衰败”），而是摩西得被忘恩的犹太人弑杀，让这个滔天罪恶蔽入代代传说的幽暗处，成为犹太民族的“童年创伤”，历经漫长历史的潜伏和压抑，最终以尖锐的一神信仰（以及“救世主死后复活”“原罪”等等）显现出来，这完全符合弗洛伊德神经症的公式：“早期创伤—防御作用—潜伏期—神经症发作—被压抑事物的部分回归”。对无神信仰的弗洛伊德而言，宗教本来就是一种幻觉，一种典型的神经症状。

至于剧本中最灿烂夺目“摩西是埃及人”这部分，相对来说，毋宁只是情节辅助和美学效果——摩西又得死，又得在不整个推翻《旧约》记载让他继续带领犹太人旷野流浪一整代人，便有必要把活太久的摩西（一二〇岁其实在《旧约》早期人物中已接近夭折了，像诺亚活了九五〇岁，亚伯拉罕一七五，以撒一八〇等等，这是个有惊人长寿基因的谱系）一分为二，断成前“埃及人摩西”和后“米甸祭司叶忒罗女婿摩西”两人，好分别赴死和前进；同时，摩西是埃及人这个宣告，的确为本书带来惊怖的、夺人耳目的暴力美学效果。

但这里却也透露了弗洛伊德本人的某种思维模式，一种静态的、单线倾向的，甚至太严谨因果秩序的思维模式——此种十八世纪理性时代倾向（或变形）的模式，要求弗洛伊德为“犹太一神教”这个重大而且日后撼动整个世界的重大发明找出单一根源，如果我们将一神教视为抽象的、后泛灵崇拜的、得冥想建构起宇宙完整层叠秩序的进步宗教产物，那显然不太合于彼时逃生救死不暇乃至只知杀戮掠夺的草创犹太部落，因此，一神教得另觅出处，顶好是源于另外一个相对进步文明的社会，于是久远辉煌的埃及便适时适所补了进来。至于埃及彼时的宗教信仰、哲学思维和社会空气是否相应于一神信仰、足堪成为如此一神信仰的孕生土壤，急躁顽固的弗洛伊德显然是不管的。

未完成的一种

然而我们得说，把一神教推给埃及历史一个短暂、暧昧乃至可疑的出处（极可能只是某种奉神之名的权力斗争或某个法老王的心血来潮狂想），并没真正面对一神教的发生问题，遑论解决——当然弗洛伊德没任何义务要帮我们解决这事，他的论文注目是犹太而非埃及。但这总让我想起一个俚俗的台湾民间白吃老笑话，说某人到饭馆点了炒面，又和老板商量用炒面等价换成包子，吃完老板问他要钱，他理直气壮说："包子是拿我的炒面换成的，为什么要钱？""那你得付炒面的钱。""炒面我又没吃，凭什么要我付钱？"

宗教者普遍相信"神依照自己的形象造人"这种神迹，但比较正确的是"人依照自己的形象造神"。所以英国的凯莱特在他《宗教的故事》书中心平气和地说："无可避免的是，所有的神祇都只是人的创造，而部族的神则是各部族所创造的，他们明确地表达出他们的民族特性，正像一本书显示其作者的风格一样，但他们绝不能在智力和道德上超过那些创造他们的人。"——也就是说，个人的创造发想可以离奇地、远远超越其身处的时代，然而，宗教崇拜由于牵涉到集体的人，因此不得不受制于集体公约数的智识道德水平，也因此，宗教信仰便烙着社会进展一时一地的特殊印记，我们考察昔日宗教信仰的同时，其实也相辅相成地丰富了我们对彼时社会状态的理解。

如此说来，便不是弗洛伊德“该不该”为我们进一步揭示一神教根源的问题，而是他这种找出单一出处便安心存档到此为止的思维方式，很可惜地无助于（甚至取消了）我们对犹太民族长期历史、政治、经济、社会实况和日常生活方式的思索理解，从而也让我们失去了对一神信仰的再深一层探问。

所以，俄国的巴赫金准确地指出弗洛伊德（及其宗派）的一贯大毛病：人在此理论中仅仅被当成一种纯粹的生物现象，脱离了他存在的社会历史条件。“人的本质并不是单个人所固有的抽象物，在其现实性上，它是一切社会关系的总和……”

基本上，一神教不是“射出成型”、一次完成的独特封闭性概念，而是历经了长时间发展、变异，并随着社会历史的进展时时得作出必要调整的崇拜思维；它真正的精义甚至还不是神的数量问题，从而在一神和多神之间划开壁垒分明的两方。事实上，某些一神崇拜的实质内容和多神崇拜并没太大差别，比方说北美印第安的祖尼族便是单纯的一神信仰者，祖尼人相信宇宙中只有一个神阿翁纳维洛纳，由他创造世界并统治。

同样的，犹太一神教之所以特别，不在于它是一神教完成品，而恰恰在于它的未完成，它不断变异、更新，充满弹性以符合不同时代不同地区的这个能耐，从而使这个原是小部落、只知残酷杀人掠夺、几近是实体的一神，最终发展成普世的、公义爱人的、超越时空的神。最原初的犹太人并不能预见如此的变化，而在过程中他们甚至是极力抗拒，事实上，在最终一次大跳跃由犹太神升级成普世神时，犹太人并没真正跟上，犹太人钉死了耶稣（罗马人本来打算放了他），又三番两次意图杀害关键使徒保罗不果（罗马人保护了保罗），犹太教和基督教便在此正式分道，犹太人也从此永远背负着杀害救世主的罪名，让后来对他们的迫害有着方便的借口。

种族争战的时刻

当然，多神崇拜在最初是比较“自然”的，因为一开始宗教并不是一组结构漂亮的道德系统，或甚至一整套宇宙秩序的思维。最原初的崇拜和道德殊少牵扯，它毋宁是功利的，如弗雷泽说：“宗教被认为是一种超人的控制自然发展或人类生命进程的抚慰或调节力量。”问题在于，人的欲望和恐惧是多样的、多层面的，一如他的生存有诸多需求，他要食物，要生殖繁衍，要面对生老病死，要防御陌生人的杀戮掠夺，要晴天要雨水，要免于不定时暴烈袭来的毁灭性厄运云云，他需要多种正面的神秘力量帮助他抚慰他，也需要巴结多种邪恶力量以躲避攻击。今天，我们站在某种除魅之后的历史点上，当然可以说这些是“幻觉”，就算这样这也不是“一种”特定的幻觉，而是诸多细碎的、黏附于生活的幻觉，并不急于组织起来，因为人们在意的是崇拜是否“有效”，而不是首尾逻辑一贯秩序井然。

因此，要问从埃及出走、流浪于旷野并觊觎迦南牛奶与蜜之地意图暴力夺取的犹太部族何以把神凝结为一，也许我们可转而询问，到底发生了什么事使人们的多元需求尖锐地收拢成单一需求？最显著是在有着单一巨大危难到生死存亡几乎一线的特殊时刻，就像今天各民主国家护卫着多元民主的宪法，同时也都有紧急权力赋予掌权者的特殊设计，人们甘心（或不太甘心）抛弃或至少冻结自身的多元需求及其权力主张，以换取一个强大的臂膀好先度过眼前难关再说。

因此，尽管糅合了神典（E）耶典（J）、成书晚于公元七世纪，但今天我们看《旧约》，尤其是“摩西五经”里的犹太一神耶和华，基本上仍清楚保持着种族动员的暴戾形象，彼时的耶和华是战神、部落神、火山神，或他自己最爱自称的“忌邪的神”，颁布诸多唯一死刑的简陋律法而殊少道德关注（种族动员时亦是道德冻结时），他通常严格要求击杀战败外族的一切有生之物，不留活口，最仁慈的一次则要求大卫王用绳子丈量俘虏大小，“量二绳的杀死，量一绳的存留”以斩草除根对手的一切可能战力。其中更代表性的是《撒母耳记上》的一段记述，彼时犹太的第一位国王扫罗，不管是基于一念不忍或贪财，只是放过了亚玛力王亚甲一人和畜群没杀，由此便大大激怒耶和华，决定要将这个新国家“赐予比你更好的人”。

另外，彼时犹太人的基本生活形态十分简单，游牧加掠夺是他们旷野流浪一代人的生活基调，不像农耕者安居者有诸多生活牵扯诸多需求，适合此种部落战斗纵队的形态——也因此，最终仍保持这种部门战斗一神纯粹性的，不是后来建国定居并改变生活方式的犹太教基督教，而是持续留在沙漠呼啸来呼啸去的伊斯兰教徒，他们才是禁绝一切偶像崇拜的真正一神教者，连实相的绘制雕塑都不允许，这也是伊斯兰教世界几何式美学和文字书写美学高度发达的原因。

然而，这样的神，这样的种族动员毕竟是寂寞的，人的多元需求只是暂时被压抑而不是获得解决，人的诸多恐惧（如生育）也不是只知战斗的耶和华所可抚慰，时间一拉长，便有出边出沿的危险，因此早在《出埃及记》旷野流浪途中，便有犹太人回头铸造金牛犊（西亚一带的传统丰收神）的背叛情事发生；而真正不可避免的危机，尤其出现于犹太人在迦南地取得决定性胜利、占取丰腴土地可定居过好生活之后，《圣经》中有两段有趣的记载，一是犹太人立王正式建国的事，另一则是耶和华神殿的延迟建造和其最终完成。

立王的事在《撒母耳记上》，当时犹太人群起向先知撒母耳要一个正式的国王，撒母耳（以及他所独占的耶和华）十分不悦，但拗不过群众压力只得应允，撒母耳这里讲了一段恐吓但不失意味深长的话："管辖你们的王必这样行，他必派你们的儿子为他赶车、跟马、奔走在车前。又派他们做千夫长、五十夫长，为他耕种田地，收割庄稼，打造军器和车上的器械。必取你们的女儿为他制造香膏，做饭烤饼。必取你们最好的田地、葡萄园、橄榄园，赐给他的臣仆……那时你们必因所选的王哀求耶和华，耶和华却不应允你们。"——这里，开启了祭司阶级神权统治和世俗主权统治的长期斗争，但也说出了势不可挡的犹太人新生活方式，直接冲击了沙漠战神耶和华，人们不止要灭绝外族，还要寻求更美好的生活。

立神殿之事则散见于《撒母耳记上》和《列王记上／下》之中，最早起意为耶和华建神殿的是大卫王，但耶和华拒绝了（或说独占耶和华的祭司阶级拒绝了），说他一向住惯了帐篷，喜欢“在会幕和帐幕中行走”，这像极了习惯争战、在豪华宫殿中就是拘束别扭的单莽英雄（扫罗就是这样的人，他在皇宫里经常性失眠，要大街唱催眠曲才能入睡，但一回到沙漠山边便呼呼痛睡，几次差点被割脑袋都浑不自觉），这事一直要拖到下一任的所罗门王才取得妥协。所罗门是第一位世袭的国王，意味着新王国已稳定下来，这是犹太人财货堆积的最富裕时刻，也是世俗王权空前绝后的攀上顶峰。

一神崇拜真的是很难坚持的一种信仰方式。离开了沙漠，离开了游牧掠夺的简易生活形态，离开了尖锐的族群动员，国防部便只是内阁八部二会之中的一个部门而已，就算你转而在哲学解释上、在道德建构上，把这个神推到全宇宙最高处也没用，因为像笛卡尔或斯宾诺莎这类人毕竟只是极少数秀异怪人，一般芸芸众生关心的不是这个“创造者”“第一因”“最高意志”云云，这距离他们的需求和恐惧太遥远了，一般人关心的毋宁是庄稼和畜群是否长得好，家中媳妇能否顺产，生病会不会痊愈，可否避开厄运等等生活现实之事。因此，即便在层级分明的多神崇拜中，最高主神如古希腊的宙斯或印度的梵天，往往并非人们崇拜的焦点（中国人更是对创造天地的神一点敬意也没有），人们经常性打交道的是管丰收、管生产、管家中厨房的这些“不怕官只怕管”的关系密切小神，甚至花更大力气讨好恶神或邪灵，希冀他们不要作祟，像印度人祭恶神湿婆，像中国台湾人祭天公只一天，却花一整个月时间去伺候七月亡灵，在我个人住的乡下，七月普渡到现在还是最盛大、最花钱的崇拜大事。

也因此，建国成功的《列王记》时代，遂成为《圣经》中最哀怨的篇章——负责摹写《圣经》草本、手握历史解释人权的是神权的基本教义派（先是祭司阶级，在祭司阶级纳入行政体系“腐败”了之后，则由旷野来的愤怒先知接手）。他们不会因人们过得更好而欢欣，只会因人们忽视了耶和华而哀痛暴怒，在这里，原始的部落种族一神面临了第一次的存亡关键，也走到了第一次的蜕变关键。

建国绝望之后

夸张点来说，真正“解救”了耶和华一神教的，是犹太人坎坷的现实历史命运——他们顺利建国，但整体来说既不安靖也不长久。不安靖，是他们的睦邻之道无方，王国始终陷于征战，而且自身亦很快分裂成北以色列和南犹太二国，这让王权的世俗化进展顿挫，也让坚守“神权 / 种族仇恨”的基本教义派有持续用武的余地，可以顽强地站一旁一而再、再而三用信仰纯度来检验王国并伺机夺权（先知以利沙便在北以色列成功发动一次残酷的政变）。我们今天从《圣经》记载看，王国的任何挫败，不因为军事训练出问题或统帅无方、赋税制度不良、吏治腐败、行政无效率、社会正义不彰等现实错误，《圣经》对此没只字片语的省思，挫败的原因永远只有一个，那就是信仰纯度不足，不尊耶和华为唯一真神；解决的方式也永远只有一个，杀戮。这正是V.S.奈保尔在他考察伊朗、巴基斯坦、马来西亚等伊斯兰教国家的《在信徒的国度》一书中所重复看到的骇人现象，也像台湾今天任何现实大小问题都可归结为“因为有人不爱”这个世纪末的新一神一样。至于不长久，则是犹太这两王国的终归覆灭，亡于巴比伦王尼布甲尼撒之手，开始了“巴比伦之囚”的时期，也开始了犹太子民二千年无国可归的漂荡历史，世俗王权失去土壤，又剩宗教抚慰的旷野。

但经历过建国失败、又目睹巴比伦王国壮丽顶峰的这一代犹太人，却有了“始见轮船之奇沧海之阔”的迥异经验，他们的视野被打开，原来世界这么大，不只是西奈半岛到约旦河流域这片不毛土地而已；原来流满牛奶与蜜地的迦南地并不是天堂，只是一方窄小的寻常居所而已。而且在尼布甲尼撒尚称宽容大派的统治王国中，他们接触到两河的、希腊的，甚至东方古印度的文明及其哲思，原来宗教崇拜也可以是沉静的、深邃的、有内容的。

基本教义派仍在，仍占据发言的主位，但也有不尽相同的声音开始发出来了，《圣经·以赛亚书》在沉郁绝望之中，开始有“公义的神”的论述呼吁，一部分犹太人也不再寻求回迦南地，他们仍保有对耶和华的信仰，但仿佛对于建国一事失去了信心也失去了兴致，只愿意在祭典期间朝圣般回故土神殿瞻拜——

巴比伦之囚以后的犹太人，有了面对广大真实世界的“渺小感”，征战、掠夺、灭绝一切异族异神的疯狂种族动员之路看来已是井蛙之见行不通了，黏附在其上的一神也就得改变内容了。尽管讽刺，但人类经验却历历真实，我们总发现在角力的战场上居于劣势，我们才想到、或至少才愿意开始讲述公平正义、讲述平等、讲述四海一家。

这个新省思原来只是一个小支流、一种边缘的异质声音，混杂在更悲愤、更激越、更多末世宗教神秘幻觉的（如先知以西结、但以理等）基本教义叫嚣声中，不易分离辨识出来，但却是日后耶稣定的路。日后的拿撒勒木匠之子的耶稣，拒绝做犹太人的王，拒绝做如《士师记》里那种被耶和华兴起、领军作战的狭隘民族英雄，这是他旷野沉思受炼四十昼夜的深澈决定（他曾站上最高的山头，看着眼前的万国及其荣华，这是极动人的一幕），也是他著名“山中宝训”的内容，那看似温柔的、再寻常不过的普遍性道德劝诫，放在犹太人源远流长的种族一神中，既是超越的，也是激进的，因此，他成了基本教义派眼中的背叛者，非死不可。

然后是有着罗马公民身份、也有着不同文化准备和国际视野的关键性使徒保罗接手了，耶和华的一神信仰正式传向异国由他开始，犹太种族主义和森严律法的妥协乃至取消也由他开启。《使徒行传》中记叙了一场在耶路撒冷召开的宗教会议，会中保罗说服众人作成决议，宣布外邦的皈依者不必如犹太人行传统割礼，决开了种族束缚的缺口。

从基本教义派来看，从传统的种族一神来看，耶稣和保罗的确是大反叛者，然而，古尔德的“直立 / 巨脑”演化模式告诉我们，这个最原初可能只是偶然的、副产品的、因应着种族动员而生的原始犹太一神信仰，却在长期演化蜕变后显现了巨大力量，从而成为发展主体，甚至还抛开了再无力跟上的犹太人——他们奉献给世界的，不是摩西的种族一神教，而是“耶稣 / 保罗”的普世一神教，神的名字和数量相同，但内容已撤换殆尽了。

从最角落之处开始

这里，我们尝试把一神教从幽微的埃及远古一角，拉回现实的历史现场，绝不是为着质疑弗洛伊德勇悍无比的历史剧本。事实上，正是弗洛伊德这份无畏指向自身种族的过人勇气，给予我们启示，也给予我们鼓舞。

站在弗洛伊德辞世达四分之三世纪的今天，夸张些来说，弗洛伊德的价值，不在于他是个说对话的人，而在于他是个说错话的人，他那些英勇到几近鲁莽、漏洞一堆但却充满启示力量的错误话语和主张。

读过弗洛伊德生平传记的人很容易发现，他的阅读准备、他的交游、他的生涯之路多么不同于一般撼动世界的哲人——在惊动整个世界之前，他一直只是个封闭于专业操作的心理医生，同时也一直保有着专业人士惯有的自身经验限制和固执。当他决志要为他临床经验所得的心理学理论找出源头，指向历史起源和生命起源时，他封闭性的自信和封闭性的专业外知识贫乏，给了他鲁莽的、不为错综矛盾知识细节所困的古怪勇气，说最冒犯道德的话，也说最冒犯常识的话，最终，还出现了相当程度的神秘主义倾向。

巴赫金用宗派主义说他，其实是相当公允的，弗洛伊德像什么？他其实很像《圣经 · 旧约》里的旷野先知，他们专志封闭在一己世界中，独思独学而无友，思维过程中不受干扰，也缺乏校正，因此，他们的主张总是过大的、疏漏的、激烈的，甚至是残酷的，不宜家宜室，但充沛着冲决思维边界的力道。

除了一己的专业性封闭，弗洛伊德还宿命性地陷身于一个更大的历史封闭性情境之中，那就是他的犹太子裔身份及处境——在人类思维的进展路途中，我们也很容易发现，犹太人远远超越人口正常比例，宛如繁花盛开般不断产出巨大的头脑和心灵，让世界更丰腴，也让世界更危险，像马克思，像爱因斯坦，像本雅明，学历史的人会补上布洛赫，崇尚自由主义的会想起以赛亚 · 伯林，学电影的人会举出伍迪 · 艾伦，几乎每个思维的领域中都有犹太裔大师的身影。

这个怪异现象完全没生物性的理由支撑，是个巨大的历史之谜，但我们很可能联想到，这极可能和巴比伦之囚后的犹太人历史处境有关。他们栖身在每个国度的边缘位置，既站在身处的特定社会之中，却又永远被隔绝在外，他们有着宿命性的脆弱以及随时扑面而来的危险，因此他们总得是复杂的，又得是高度警觉的，在世人安然酣睡之际，他们仍被迫得神经质地思索防备。

也因此，实在不必要为一神教找一个堂皇的、显赫的历史身世，只因为改变历史的巨大力量，通常总是始自一个不起眼的角落，启动于一个不打眼的小小变化，永远有着始料未及的诡异演化本质。这一个当年希罗多德提都没提一字的小部落，这一个来自南方沙漠一角的小火山神，乃至于日后一个连身世都可疑的穷乡木匠之子，而他们不仅很长一段时间宰制着几乎整个地球世界，还差点让我们相信他们管辖着整个广漠无垠的宇宙。

恶的魅力

读安东尼·伯吉斯《发条橙》

名导演库布里克拍过两部很有名的电影，或正确地说，根据两部英国小说成功拍成电影，一是克拉克的科幻名著《2001 太空漫游》，另一是我们手中这部《发条橙》，乍看之下两部的内容、气息和指向并不相似，但只要稍稍看下去就可发现并非出自于随机的选择——库布里克显然对“未来”（尤其是英国人想象的未来）有着难以抑制的关切之心，当下现实边界的超越和冲决有魅力地召唤着他，并且对乌托邦式的预期有他的忧虑。不管这些“未来”系以乍看广漠无垠的星际之旅（可柔美地配以《蓝色多瑙河》的华尔兹圆舞曲），或以某一封闭如炼狱的罪恶市街的游荡形式所幻想、所臆测出来，这也使他“借力使力”的拍电影方式仍显现出自身的心志视野及其复杂性，让他仍是一位有基本重量和性格的电影创作者。

当然，这两部名片在台湾的命运并不相同，库布里克自身的

“统一”被彼时戒严冷凝的现实给割裂开来——我们比较容易看到《2001太空漫游》，因为电影里叛变的歹人是电脑，联想不到掌权的政府，同时叛乱所在的国度是星际太空，亦不在我们法律坚持主张的管辖范畴之内；相形之下，《发条橙》就刺激多了，那种虽然标示发生于未来、却仍在我们伸手可及寻常大街的残暴杀戮情事，彼时“管得太宽”的政府当然担心我们也在大街游荡的年轻人学坏。因此，《发条橙》一直是部禁片，绝大多数的人只闻其名，了不起看到的就那一两张剧照，乖戾的构图，颜色，以及乖戾装扮的年轻人乖戾的眼神，噩梦一般。

电影和小说的关系相当密切，但终究是两种各自独立的创作载体，使用不同的语言，有着不一样的表达能耐，因此，尽管改编自小说的电影非常多，却很少有较像回事的原小说作者对此影像成果感到满意的，尤其愈好的原著小说愈如此。这里，《发条橙》的原作者安东尼·伯吉斯大概列名于最愤怒那一个层级，理由不尽然是库布里克的拍摄成绩，更牵涉到一则罕见的出版公案。

这段极度激怒伯吉斯的往事，在本书作者的引言《再吮发条橙》中讲得很清楚，也骂得够淋漓尽致——简单讲，是美国纽约的出版公司引进这部小说时要求删去原小说结尾的第二十一章，而库布里克的电影又改编自这个提前到达终点的美国版本，梁子就架在这里。

原书被删、被改、被禁甚至被烧掉，在漫长且多不义的人类历史中，这从来不是什么特别的事，我们这一代人亦曾亲眼瞧见，并不觉骇异，然而我们得说，《发条橙》一书逾大西洋到达纽约化为小一号的发条枳，好好的二十一章凭空蒸发，其实是极少见极有趣的（对不起啦，伯吉斯先生）。因为美国出版公司甘犯伟大的宪法第一修正案动用剪刀，基本上不来自小说原来的结尾太血腥太罪恶不忍卒睹，有道德顾虑和社会责任云云，而是刚刚好倒过来，美国人唯恐天下不够乱而认为原书的结尾太"软"了，不想让这个一心为恶的未来年轻人这么简单就金盆洗手改过迁善，他们要他轰轰烈烈干下去杀下去，因此，就让小说硬生生煞在他恢复作恶能力那最辉煌最幸福的一刻。

这个"倒置"的删改，不但让我们收集到一个很另类的出版案例，也多提供了我们另一个读小说的思维入角，尽管这有点把快乐建筑在伯吉斯的痛苦之上。

来自老欧洲的道德选择

《发条橙》出版于一九六二年年轻一代忽然叛变的奇异年代，全书工整利落地切成三部——第一部基本上是犯罪小说，以"我"（亚历克斯）为首的teenage四人帮游荡街头，杀人、吸毒、抢劫、轮暴样样都来，时间设定在未来，但大致上只对书写者放胆想象罪恶有意义，它其实也可看成是当下现实的，是《麦田里的守望者》的地狱版；第二部则是二十世纪典型的反乌托邦小说，亚历克斯在作案后遭同伙出卖被逮，政府以他为实验对象，通过一个复杂的思想改造疗程，彻底拔除他作恶的能力，让他一起暴力或性的念头就恶心呕吐；第三部是现代主义意味的小说，丧失作恶能力的亚历克斯被放回他熟悉的昔日街头，却发现自己成了所有人的沙袋受气包，毫无抵抗自卫之力，他先选择跳楼不死，遂决定“治愈”自己，让自己能跟从前一样杀人做爱。美国版本就戛然停在他功力恢复、可重回江湖那一刻。

至于失落的二十一章，则是又成一尾活龙的亚历克斯，在咖啡店偶遇昔日哥们彼得，彼得是当年唯一没出卖他的人，他结了婚，还带着妻子乔治娜，这个全然新鲜的影像“忽然”打动了亚历克斯，让“已经十八岁”的他也想为自己找个老婆组个家庭，然后再生个年轻岁月四下闯祸作奸犯科的儿子云云。反思的语气仍放得很硬、很乖戾，但这个无预警的一百八十度逆转结局的确把整部书带回成青春成长小说，一部过度夸张狂放岁月的青春成长小说，桀骜不驯只是一种年龄状态，会不由自主地暴烈而来，也会不留痕迹地退潮而去。因此，它既是青春的一种特权，又是一场短暂且自动治愈的麻疹，这个发现让我们安心，也让我们愿意保持宽容和无比的耐心，宽容什么等什么？等那些两眼直直发亮如四下寻仇的小鬼过他十八岁（或再等两年，二十岁）生日。

我们知道，小说写下去总会程度不一定挣脱书写者的意志控制，不会百分百如作者的意，但这里，我们先来想作者本人原来打算干什么——发条橙，会刻意取这么一个怪书名，通常说明作者是有清晰意图的，甚至摆明了要为小说本身设定某个封闭性主题。同样道理，作者本人愈谦卑，想整体呈现而不试图手指某处给读者看时，如此旗帜鲜明、重点提示的题名方式就感觉不对劲了。因此，这样的小说通常不会有铿锵费解的名字，而是很平凡的、不加任何着色的，甚至大而模糊之的以小说发生的时间背景或场所背景为名，以至于我们总觉得写小说的人“不太会为他的小说命名”。小说史上，契诃夫大概就是这种最不会为自己小说找响亮命名的人，他的小说名字总是《福利演出场散戏以后》《一个未必可靠的故事》《在河上》《匿名氏故事》《三年》，或直接就叫《无题》。

“发条橙”，依据作者伯吉斯自己的解释，是那种上了发条才会转动的老玩具装置，装在看起来甜美多汁的橘子上，因此这橘子是赝品是假货，没自身意志，不会自行转动云云。当然，我们所知的各国品种橘子包括英国产的，通常既没有自身意志也不会没事自己转动起来，因此，伯吉斯在为小说构思和命名之际，脑中大概闪过某个我们也听过的地理学寻常描述：“地球的形状就像一颗橘子。”（因为不纯圆，而且表面有高低凸凹。）这也是加西亚·马尔克斯的《百年孤独》书里第一代老阿尔卡蒂奥疯狂于天文学时的重大发现：“地球是圆的，跟橘子一样。”

只是，当人类已在月球上建起殖民地的同时，他们还用“发条”这古老玩意儿吗？连我们这代小孩都快不知道装小兔子赛跑的强力电池为玩具动力来源了不是吗？——这种极“进步”年代的比比皆是活化石存留现象，一直是幻想小说总难以避免的盲点（谁有兴趣去查查看比方说《一九八四》书中有多少这种事？），它总受限于书写当时的现实配备，无可厚非，只供我们莞尔一笑，这说明未来的不透明和人预见能力的近在咫尺，提醒我们得谦卑，为未来的诸多可能留一些必要的余地。

好，不管怎样，不管橘子有没有地球的隐喻，英籍的伯吉斯通过“发条橙”此一诡异的书名，意图逼迫我们看到又四十年后今天仍深具意义的古老问题，那就是人的“自由意志”，尤其是其中人的“道德选择权”的问题。尤有甚者，伯吉斯还表里如一地在小说实质内容中，尖利地凸显“人为恶的自由”这一侧的棘手道德选择，以乖戾不驯到准备打架的姿态，极其挑衅的书写策略来逼问世界。

保卫人的自由，这殆无疑义，今天就连独裁者都会说、都敷这样牌子的面膜。但要保卫到什么地步？人的自由意志行动可多宽？界限在哪里？这却是个极不易回答的问题。毕竟，就算审慎如以赛亚·伯林所主张自由主义不可让渡核心的“消极自由”，为人所构筑起来的最后自在空间，我们知道，它仍不是彻底封闭性的，它仍衔接并不免影响外面的公共世界（或说其他人的一个个私密空间）；它仍不是排他性的、独占性的存在，它仍和他人的私密空间叠合且处处犬牙交错。理论上，在此最后的“私人空间”（本雅明的用语），你乐意开心高兴做什么事不必人家管，你可以为恶、可堕落、可看电视一整天不求上进，甚至可伤害自己（比方说英国便一直存在一个主张人有权自杀的团体，写《中午的黑暗》一书的著名小说家库斯勒便是其中一员，他也果真依自己信念自杀告别这个世界）。但实际上，你点起一根烟摧残自己肺叶，仍有二手烟通过扩散作用飘出去，据说一样严重危害他人；你开心唱首拿波里情歌，偏偏管束不住的音波所及范围就是有人龟毛不爱听；你积水容器养殖出来原本只以你为食的蚊子，偶尔也飞外头换换胃口，散布登革热云云。

尤其当你愈来愈神经、愈来愈意识到自我及相关权利，而且拥有愈来愈多可记录可追踪各种细微交互作用的工具仪器如今天时，这原本就暧昧不明的人我界限就愈发划不出来了。

如此困境，基本上还不至于让自由的普遍信念破毁，但在现实世界的个别场域个别事物，我们却极容易察觉这个界限不断在后撤处处被攻穿——这个侵蚀力量一般并不正式挑战自由的普遍信念，往往它照样奉自由之名行动，更多的时候它根本就不上升到哲学思维论述的层次（因此，自由累积了千百年丰硕的哲学思辨遂毫无用武之地），它就一事论一事，用当下的计算取代长远杳邈的理解，它只像善意的公共工程建设，或像个必要的医治疗程（亚历克斯在囚狱期间就被迫如此）。它剥夺的部分，认定是你人身自由非必要的那部分，甚至是不好的部分、会造成危害的部分，因此去除掉这部分就跟割除个肿瘤一样正当而且迫切，这不仅保护了周遭可能因此受害的所有人，还慈悲地保护了不知死活的你，伴随这个行动最常听到的一句口号便是，“这只对那些心怀不轨的人造成损失”。

公共建设除非直接冲击到你家，一般不大有人会有异议，因此，这样的行动极容易得到社会正当性的确认；如果，再配合某些受害实例的展示（这种实例总难免，这是自由主义的痛处），带点恫吓来摇撼人们原本就有限的耐心，收效益宏，比方说，传自美国且愈演愈烈的禁烟运动便是这样，而更大更成功的实例可能是新加坡这个无菌企图的城市，这都是今天我们认真在学习认真在追赶的对象。

这方面，欧洲人一直比较冷静、比较厚实有耐心，这极可能是历史真实经验使然，他们和这个纠缠盘绕的麻烦自由相处最久，也为此付过最沉痛的代价（光是直接死于战争、屠杀、迫害的就远远超过一亿人）。因此不得不对于自由面临滴水穿石式的浸蚀性威胁保有高度的警觉（绝非巧合，西欧国家同时也是进步社会中最不随美式禁烟运动起舞之地，甚至还全面或有限地开放大麻，他们当然也知道其代价，但还是认为这该诉诸人的道德选择而不是立法禁制）——早在一百五十年前，同是英国人的自由主义大师小密尔，便坚定不受惑于某种开明专制式的善意和立即性效果，对于这种今天仍有相当多人认定是“最好政治制度”的统治方式。小密尔质疑的不只是其长时间几近是必然的腐化质变问题，他以为，这种社会生养不出能自我思考、肯自我承负道德责任的公民，他们将习于懒怠、懦弱，像长不大的小孩般总是把问题交给掌权者解决，这绝不是短期的那点诱人效益所可替换的。

对于今天的我们而言，要想进一步提升道德知识水平，要想增加文化思省的厚度，要想铸造出相应于我们经济水准的公民社会，真的该多点欧洲，少点美国。

不容易一言蔽之的恶

如此看起来，《发条橙》以维护人作恶的能力和自由来尖锐凸显道德选择的问题，的确非常刺激、非常抢眼，但对于本来就对道德自由可能代价充满疑虑的非欧洲社会，可能不见得是好策略。

人为恶的能力和自由有什么好保卫的呢？这里，我们比较心平气和来说，问题关键可能先在于，人的为恶能力并非有专职的器官或身体里哪一部分负责，因此，它不真是肿瘤，可以清楚利落地摘除了事，这是我们大体上可以首先确认的。

而恶是什么？这是有人类以来，或至少从人类意识到自身存在开始，一路追问至今的大哉问，我们用宗教、用伦理学，用哲学、文学、社会学、政治学、人类学、历史学等几乎所有可能的途径来追踪它、发现它、攻打它，当然不是三言两语能说清楚的。因此，这也等于告诉我们，不能琐罗亚斯德式地大剌剌回答“恶就是恶”，有清晰辨识在身供我们一眼认出来，且归属于恶神所管，和善神统治的另一国泾渭分明对峙并永恒争战，这不必思考，只要打就行了。

恶绝不只是抢劫他人、伤害他人、强暴他人如《发条橙》首部曲描述的那样子而已，伯吉斯为亚历克斯所安排的一系列恶里，坏得太单纯，坏得太没意思，坏得毫不见暧昧毫无纵深，以至于这种为恶能力的被剥夺既不让人惋惜也难让人同情。事实上，我相信有很多读小说的人还会觉得这太便宜他了，这样的恶棍人渣合当千刀万剐，死不足惜——因此，《发条橙》基本上比较合适当寓言来读，很多内容细节是禁不住逐一细究的。

什么样的恶会让人低回、让人甚至嗟叹不忍呢？我们知道，很多所谓的恶是特定历史特定时空的产物，它违反的并非某种普世的、共时的道德和人性，它不幸冲撞的只是它当下社会的单行法秩序、禁令、意识形态乃至于这个社会的蒙昧和集体骗局，冲撞到如柏拉图所说“强权者的正义”。比方说，在太多特定历史的特定时刻，你可以杀一个人杀很多人没事，但你不可以在仪式进行中踩死一只青蛙或面露微笑，你不可以主张地球绕着太阳转这个事实，你不可以离群索居让别人对你不放心不晓得你在干什么，你不可以竭力去阻止一场杀戮战争的爆发，你不可以穿错衣服乃至于生错长相或孕育于不应当的父母，你可以杀一个人或杀很多人不仅没事，而且会功成名就变成受崇拜的英雄，但你不可以拒绝参与冷血杀人，否则你就是叛徒、卖国贼、汉奸、通敌罪人——这里，我们用一般性的描述来列举，而不采特定历史个案的指涉方式，是因为这一类冲犯当下社会被判定为大奸巨猾从而粉身碎骨的事太多了，层出不穷还万古常新，绝不是偶然，如果只是偶一为之那当然就不是什么问题了，那就跟总有些不幸的人莫名被雷打死一样，我们只需要瞬间的恻隐或私下为他默哀三分钟就够了。

某些当下的大恶，在另一个不一样的社会、另一个时间，都可能是高贵的、和平的、正义的，甚至是“进步”的；某些当下的大恶，我们更在当下就或隐或显地觉察到，它可能更契合我们内心底层的道德命令。

因此，追根究柢来说，不是要保卫谁谁为恶的自由，而是穿越广漠历史不义所艰辛学习的必要世故，让我们不得不怀疑自己当下对暧昧善恶的分辨和判决能力。于是，在我们警觉到自己必定受制约于当下的知识限制、道德限制和意识形态限制而不察而无从挣脱的同时，我们遂不失明智地愿意为彼此保留一点回身的空间，并慷慨地愿意为此付一点可忍受的被冒犯、被侵害的受苦代价。

因此，更追根究柢且积极地来说，我们还愿意承认掺杂于恶之中但难以分割的清醒力量和进步力量。进步，从另一侧看便是原有秩序的修改瓦解，因而总是有程度深浅不一的暴力锋芒，我们从历史的进步经验考察，绝大多数时候进步总是难以控制的，甚至根本无从预见。所以马克思把如此不免暴烈的前进过程譬喻为"分娩"，尤其在生命要冲决而出那一阶段，孕生它的社会母体总是有阵痛伴随，重要的不是暴力（即使是马克思，他只是认定这不可避免，因此也就不必害怕更无须讳言），而是进步的成果。暴力，在这层意义下，是这么一股强烈的历史元气。

元气淋漓的恶

所以说，恶为什么有时会吸引我们？或说，恶为什么堪称恒定地持续吸引每一代相当比例的人？其间，可能有人的幽暗和人的嗜血性被撩起，也可能人类代代总有一定数量的绝望之人尖锐地希冀改变，只要改变、只要击碎眼下的秩序，怎样都好，所谓的“唯恐天下不乱”便是此类身处谷底之人的怨毒呼声，因为不可能更坏了，任何改变遂都成了向上提升，就跟你站南极点上朝哪儿去都是向北一样。然而，恶的确挟带着某种逼人的沛然元气，是我们在温良恭俭让的秩序世界久违的了；恶也多少暗示着未来之路的由此改道而行，让在固定秩序逻辑底下已渐呈透明、渐呈已知、渐呈可推演可预见的没意思未来重又陷入混沌不明，让我们的想象力活过来，可重新赋予希望，乃至于一厢情愿地投注以任何不现实的、非条件的、异想天开的奢望——我们得说，即使是“正常”的人，乐意依当下的秩序循规蹈矩而行，但其间，每个人总有一些不见容于此一秩序的多余才华被搁置，总有一些想望被剥夺，总有一些念头被压抑，总还有一些“很久没做又很想做”的事悬挂在那里像霉菌偷偷在脚趾隙缝间生长一样。凡此种种欲求不满，没任何完美秩序可真正满足它们一治而不复乱，也没任何森严且高效率的秩序可真正消灭它们永绝后患，这里，自始至终有个讨价还价的不变过程暗地里进行着，一俟秩序趋劣，不满抬头，恶的魅力便顺应着要求改变的声浪而跟着水涨船高起来，愈看愈觉得像一位长相可怖、但能为我方杀敌征战的强大战士，他狰狞的面容因为此刻朝向敌方而暂时不可怕了，只令人更热血偾张。

而即使在秩序仍有效运作、我们也还奉公守法的风和日丽家居时刻，恶仍带来平静日子里的刺激和抚慰——只要它能召之即来挥之即去，像动物园中好生关着的吃人狮子老虎，你不觉得笼子里的猛兽永远比那些温驯的草食动物更有魅力、更吸引大群游客围观评头论足吗？双髻鲨、鲸鲨那种掠食者的游姿，也比那些给人吃的鲭鱼、鲤鱼、鲷鱼都漂亮不是吗？

白纸黑字的《发条橙》，被好好禁锢在书籍内页的坏小子亚历克斯于是甚有魅力地吸引我们，在我们领受到伯吉斯要我们铭记在心的“人的道德选择权”之前，我们先就感觉到一种淋漓而危险的元气——就像名导演侯孝贤喜欢说的：“这个人‘气’很足。”众所皆知的，那种压不住的青春力量奢侈泼撒在罪恶黑街的绝望绚烂，一直也是侯孝贤电影恋恋不舍的主题。

更吸引了六〇年代当时把《发条橙》引进美国的纽约出版者——我们晓得，六〇年代那个年头，恰恰好是欧美社会的年轻人忽然集体冲撞资本主义秩序的时候，而且整个反叛形式又像一场青春热情的勃发迸放，尤其纽约，这个城市一向自认是整个美国引领风骚的进步窗口，它是二次大战之后新的世界自由之都，也同时是普世排行首位的行恶之地，如《圣经》中的索多玛蛾摩拉，自由和罪恶的极致在此如洋流汇合，应该不是偶然，在根源之处它们原本就是同一个东西，纽约，便是如此一朵最鲜艳最芬芳的恶之花，是波德莱尔来不及居住的新故乡。

也就是，那个时代的纽约人，是最知道也最受诱于罪恶迷人魅力的。

这么说，并不是要为纽约人删除二十一章的无礼行为开脱（尽管在当时他们取得了伯吉斯本人的“勉强”同意），这只是再一次让我们印证小说总不随原作者全然操控的自由本质，并且彰显出恶的单纯魅力。伯吉斯想用一个疲软无力的自我觉醒尾巴拉回它来，但在小说中，他明显说服不了真正的亚历克斯，而在现实世界里，他更明显说服不了浸泡于自由力量和罪恶力量的纽约人。

罪恶的力量远比伯吉斯想象的要强大不听使唤，人的自由意志困境和道德选择代价，亦远比伯吉斯以为的要复杂沉重，伯吉斯揭开了这个潘多拉盒子，却没办法妥善地关回它，这无可厚非，并不因此让《发条橙》成为无力收拾的失败作品，这反而始料未及地引领我们走上更漫长也更质地真实的道德思维之路；这更是必然的，如果我们拉开阅读的距离，从人类对罪恶的漫长追索历史来看，那我们会更释然，这伯吉斯要能简单收拾得起来那才真见了鬼了，那才真叫世纪大奇迹。

小说揭示问题，写得愈好的小说揭示着愈大愈沉重的问题，也因此愈发不容易寻得抚平一切的简单结论。我们是不是可以说，一个有自由信念的人、相信道德自由和道德责任的人，即使他这一刻只是个小说阅读者，他应该还是不至于像个要糖吃的小孩那般，硬要一个可让自己安心入睡的小说结尾，他总是愿意承受不完满，肯耐心和心中的疑惑周旋，以换取自身思维和抉择的自由。

这就是《发条橙》，有二十一章的完整版本《发条橙》，但我们知道事情并没因此告一段落，它才开始。

乌托邦之路

从柏拉图到莫尔

是的，我们再熟悉不过的“乌托邦”一词，便来自托马斯·莫尔的这本书，但“乌托邦”这个概念不是，莫尔这部据说完成于一五二八年的历史名著其实只是普世性乌托邦概念的一个版本而已，只是乌托邦概念长河的中途一站而已，只因为人对更好或甚至完美世界的渴望是遍在的，久到几乎和人的存在等长，广到几乎等同于人在地球之上散居分布的实况。

现实有苦难，人有希望，这是乌托邦想象的真实基础——毕竟，凡有井水之处，总是免不了就会有苦难有挫折，并由此催生出来相应的希望，而当苦难和挫折巨大到某个临界点（至于临界点何在，则因人的忍耐力、敏感程度和未来预期的不同而异），人的希望便跟着膨胀到产生质变：它或者更接近绝望，不再眷恋并彻底挣脱苦难的现实而去，冥想出一个完全不一样的美好世界来。这是某种宗教救赎的或说某种心理治疗意义的乌托邦概念，这种乌托邦的建构者比较自由比较轻松，他只要穷一切想象可及、尽可能美好就行了，不去考量其实践的可行性，更遑论拿回到现实世界来使用。因此，他所揭示的与其说是一个世界，倒不如讲是某种境界，比方说《阿弥陀佛经》中释迦对他的大弟子舍利子的乐土描绘便是这样，美到极点，同时但凡还有一点理智的人也都晓得不可能到极点。而另一种乌托邦的建构者，则选择在彻底绝望之前一步硬生生刹住脚步，他们还愿意最后一搏，某种又像预留遗书又像终极社会工程蓝图的最后一搏，因为苦难已巨大到一种地步，说明问题的纠结盘缠已不是任何局部性的纠正改良所能解决了，事情必须彻底地重新来过，这于是成为某种社会总体工程的，乃至于召唤着革命的乌托邦概念，建构者不能只凭愉悦的想象力。他还得面对可行性的难题，从政治、经济、家庭结构、道德、法律乃至于人的日常三餐、衣着和行为举止云云，柏拉图的《理想国》便是这样子，我们晓得，这个历史上人气排名第一的乌托邦便开启于一场有关“正义”定义的辩论，而正方主辩的哲人苏格拉底很快发现，在眼前这个问题丛生的粗陋现实世界中，完满的正义概念是不可能成立的，因此世界得重新打造，从最基础处开始一步也不能省。

所以说，以空想为名的乌托邦当然都是有当下现实基础的，不论它是文学性的愉悦想象或者是社会工程的沉重蓝图，一定残留了建构者身处特殊时空的特殊现实成分，由那个特殊时空的特殊重大难题所指引、所刺激出来的某一特殊解答方式。这不是要不要、愿不愿意的问题，而是人的思维和想象必然受限于他自身特殊的存在。如此历史时空的特殊着色，一方面使得任何乌托邦版本皆饶富历史的趣味，可供我们看出当时困扰人的焦点难题所在，并因解答的不完备（不可能完备）暴露出当时的思维水平和经验水平；另一方面，它也预告了任何乌托邦版本的宿命脆弱，不管它谦逊隐藏了或大言宣称着超越一切时空的终极完美，它都不可能真正挣脱和完美不共容的历史时间。因此，乌托邦永远是一时一地的，像不同的花，开放在不同的土地不同的季节一样，比方说生长于湿热印度半岛的佛家乐土必要的“清凉”（五台山清凉寺寺名便是由此不假思索套用过来的），对北极圈住冰屋的因纽特人不仅毫无意义，毋宁像是惩罚。

事实上，“乌托邦”一词和“空想”等同起来，是稍后的事，是有人意图实践之后的历史经验判决，并非建构者原来的意思（我想，很少有人会认为自己是空想家，正如很少人会直接承认自己就是骗子一样），托马斯·莫尔以“Utopia”这个意为“不存在的地方”的字作为书名，原来只是某种语带几分幽默的叙事技巧，像讲个远方珍稀故事般方便事情细说从头。更重要的是，这样的假托，借用一个非实存的人讲一个非实存的国家种种，给予他现实所不宽容的言论空间，让他有机会畅所欲言英国的种种不义之事，逃开从国王到教会可能的不满和报复。

至少，莫尔这个乌托邦版本是很激烈的，我们很容易看出来，他写书时脑中想的主要是英国的事，是富丽堂皇都铎王朝的幽黯死角。

吃人的羊

依据历史的可信记载，莫尔是个禀性温和的人，对名利看得很淡漠，却因造化弄人从一个平民干到位极人臣的大法官职位；他所学以法律为主，但对宗教之事虔敬而专注，事实上，就罗马教廷的天主教传统而言。他正是个称圣的殉教者，这是众所周知的事，莫尔晚年终被亨利八世处死，原因便在于他坚守天主教的教谕，宁死也不同意亨利八世废后再婚，遂于一五三三年七月六日在伦敦塔一地被送上断头台。

据说，临行刑之际，莫尔提醒刽子手："我的脖子很短，请小心下手，免得失手损了你的名气。"

然而，《乌托邦》这本书却让我们对这位温厚的良相、公正的法官、宗教的圣者有更深沉的感受，尤其是本书的第一部，莫尔通过虚构人物拉斐尔之口，所谈俱是对彼时英国现况的批判，从英王对内残暴镇压对外穷兵黩武，到贵族游手好闲的食租者特权，到朝臣的谄媚腐败，到法律的严酷不行等等。莫尔的批判是全面性的，甚至对于教会皆有微词，这样的清醒、理性、激烈，而且不容沙子的是非分明，乍看实在很难和他温柔的人生，尤其是甘心殉教的抉择联在一起——但莫尔代表的正是英国知识分子传统最好的典型：理性，但非常务实；清醒，但不尖利；激烈，但不改足够的耐心；是非分明，但很愿意化整为零地妥协；步伐看起来迟缓，但心志坚定大方向明确。因此短期仿佛没什么漂亮进展，但百年时间结算下来，我们往往发现他们遥遥走在前头。

在莫尔这段批判中，最锐利也最名留青史的是他对彼时英国羊毛纺织业抬头的著名“圈地运动”的抨击——莫尔说的是：“你们的羊，一向是那么驯服，那么容易喂饱，据说现在变得很贪婪、很凶蛮，以至于吃人，并把你们的田地、家园和城市蹂躏成废墟。”原因很简单，因为每一只吃人的羊后头，都有“贵族豪绅，以及天知道什么圣人之流的一些主教”（还是很奇怪，能说这话的人怎么可能殉教？），是这些原本就既贵且富的人还要更多，把农民从土地赶走，让他们沦为流民、沦为乞丐、沦为小偷盗匪、沦为无产阶级（当然，这个名词尚未出现，但实质意义莫尔差不多已完全讲出来了），整整二百五十年后，马克思的巨著《资本论》所引述的正是莫尔这番话。

在此工业革命曙光未露，同时罪恶也未清晰显现的十六世纪之初，莫尔的敏锐洞现，尤其是指引着如此敏锐眼睛的同情之心，无疑是非常动人的。更重要的是，这个如今已成经济史不朽掌故的“吃人之羊”，显然并非只是文学性的隐喻嗟叹，莫尔也并不只以揭露社会不义罪行为足，他还认真负责地想下去，努力找寻解答——在稍后书中第二部的乌托邦国正式描述中，我们便清楚看到他勇气十足的终极解决之道：共产社会。一切罪恶之源，莫尔以为，皆来自私产的占有，因此，乌托邦人严禁私人财货的拥有，住屋每十年抽签轮替一次，三餐在公共食堂大家吃同样的食物（但可以不吃，意即有不吃的自由，但没自行开伙的自由），衣着朴素耐用，珠玉宝石作为幼儿游戏的玻璃弹珠之用，黄金则充作犯人奴隶的脚镣手铐。之所以保留珠玉黄金，这里我们便看见莫尔作为文官和外交官的现实性，因为乌托邦国尽管位于无何有之乡，却并非真的遗世而独立，事实上它正是以英国为蓝本建构出来的。乌托邦国所在的小岛紧邻着某无何有大陆不远，仍不时有无何有的战事发生，存留黄金珠玉是用来雇用不存在的外国佣兵为他们打仗，遂行外交收买工作，甚至颠覆其敌对国家政府、悬赏暗杀敌方政要将领的酬付之用。乌托邦人不爱黄金珠玉，但其他各国的人还跟我们一样爱个要死。

我们几乎可以这么说，以终极性的共产制度来一次解决（或说取消）经济罪恶，是莫尔乌托邦国建构的真正核心，其余的只是这个巨大核心的顺势推演和配搭设计而已，甚至只是“小说式”的必要细节描绘，好让一个国家看起来像真的，有天候、有地理、有风土人情云云。

莫尔还借用智慧的旅行者拉斐尔说，奇怪柏拉图的《理想国》为什么没想到要采行这么要紧的共产制度？

从历史资料来看，莫尔是极倾慕乌托邦前辈柏拉图且熟读《理想国》一书的，但他显然并没柏拉图那种根本性视现实一切为恶、专注于完美抽象概念严格推演的理论乐趣，这使他乌托邦的建构并不具备今天我们乌托邦概念的超越性，莫尔的乌托邦国严格来说只是现实英国的一面大镜子，和他毕生钟爱献身的英国紧紧绑在一起。乌托邦概念以莫尔的书为名，但莫尔自己的乌托邦国却是普世乌托邦系谱中最不在人类普遍层面着眼、最不具末世意义的版本之一。

有限且和平的昔日乌托邦

尽管所有的乌托邦版本皆因应着特殊现实苦难而生，而很长一段时日，乌托邦并不召唤现实对抗，更遑论革命（无怪乎一心革命的日后大乌托邦者马克思要划清界限，批判不遗余力），它最多只到讽喻的地步，如莫尔这部意有所指、基本上只是有限目标的《乌托邦》一书；要不就是以弃绝和遁逃为基调的另起炉灶方式，这一处现实，这一块土地已被污染毁坏得太厉害了、没救了，让我们打包离开重新找一方干净的土地吧。柏拉图的做法就是这样，中国的桃花源较被动较属受迫，但也是这么回事；还有干脆连现实行动都免了，把和现实世界联系的感官尽可能关闭起来，让“自我感觉良好”，大国就降临了（如斯多葛版本），或至少把短暂人生的忍耐当成对永恒的有效投资，到时候你看着好了，不管是香花自天而降，或天使列队吹号欢迎，所有“不可思议”（佛教乌托邦版本最爱用的无限概念之辞）的好事就在生命末端等你。以区区不满百年的有限投入，赚取亿万年无垠幸福的产出，人间哪处自由市场有过投资效益如此巨大且稳赚不赔的好事业你告诉我？也难怪事到如今，台湾还有这么多富商巨贾乐意几亿几十亿地投资这个山那个会，好分期付款或一次付清买一幢天堂山庄的预售屋豪邸。

因此，内容诉诸的是普遍的概念、永久性的完备幸福没错，但早期乌托邦版本的现实框架其实还是有限的、局部的，你不满意这个乌托邦版本，冷笑两声当它是疯子可笑，不必加入，更不会被纳入，所以版本内容是否空想、可否真的可在人生现实实践，便可以不用太计较。这里，个人抉择和后果自我承受替代了可行性的辩论，还不必吵这个话题。

而我们说早期乌托邦版本有限的、局部的现实框架，某种程度也松弛了（虽没真正解决了）完美渴望和人生现实缺憾的永恒紧张关系，克服了相当程度的合理性要求。我们仍以柏拉图的《理想国》或莫尔这部《乌托邦》来说，他们就规模格局部只是小国小岛小城邦，而非全球救赎村，也因此，他们美好国度境外依然好端端存在的整个堕落失败世界，便可扮演此一完美世界的垃圾掩埋场和处理场的角色，把必要产出但不可置放在国内的诸多不义又完美给倒出去，就像列宁指控资本主义国家把贫穷输出到第三世界国家一样。比方说，《理想国》和《乌托邦》都不约而同保留了奴隶，我想，这并不是柏拉图和莫尔在各自阶级社会的不假思索观念存留而已，某种程度而言，这是必要的、经过好好计算的（尽管并不精密）。毕竟，如此完美的人实在不方便从事不完美的事，在生产力乃至人生老病死、吃喝拉撒的自然生理条件限制仍未能有效改变之前，完美国度的必要肮脏活儿总得要有人负责料理，这就十分必要引进并睁着眼继续使用奴隶好保持国度机能运作不坠。柏拉图和莫尔能做的，便是奴隶的合理化，好减轻道德负担，包括其来源，奴隶的取得系通过战争或银货两讫两相情愿（真的吗？）的购买，以非我族类的外人为主，至于本国人则是活该倒霉的罪犯；包括其待遇，他们会尽力对待奴隶人道一些，从工作实况、三餐住宿到可能的赎身办法云云。

至于宗教性的乌托邦版本，那就更没合不合理、实不实践这种笨问题，它根本不在现实占用任何空间，不挤压我们的存在，甚至根本不立国于我们眼下这一轮人生；至于它内部运作的合理性则不依赖奴隶什么的来支撑，它有更超越的“神迹”，反正天会降下粮食（还是A级美食）甘露（某年份某特定地区的极品葡萄酒？），地会不停涌出金砂（但要金砂干什么？），狮子和羔羊可以躺卧一起玩耍一起而不必担心狮子被羊给吃了。因为那里的狮子生理结构明显和非洲草原产的有异，它的肠子较长且盘绕如有蹄类，且分泌负责分解植物性纤维的消化酶，因此生机素食十分健康，且比羔羊温驯。

总之，有限范畴且僻居天涯海角一隅，不冒犯普通人；不压迫现实的存在乃至于权位利益的占有，不挑衅生杀大权在握的在上位者；不用急于为合理性、为实践成果争辩到面红耳赤，彼此面子下不来刀兵相见，早期的乌托邦于是一直是某种高远和平的象征，如纯白的鸽子——然而，正如著名动物行为学者洛伦兹博士的骇人发见，他说鸽子的彼此相残不留余地，其实是禽类中最残酷、最不懂抑止自身攻击本能的。要命的是，洛伦兹说得对，差不多从十九世纪开始，人类逐步觉悟到，乌托邦果然就是这么一种鸽子。

尘世天国的可怖降临

到得十九世纪，人类的世界整体图样有了不再可回头的变化，其中，和乌托邦直接相关的，首先是地球上的所谓“秘境”的消失，人类在地表的探险行动告一段落，若还有什么人迹罕见之地，只剩穷山恶水，那种来自远方不为世人所知的黄金国度，或远方尚存某一处流满牛奶和蜜的沃土，可供我们勇敢出发打造完美小世界等等的高远梦想，这下子全得醒了；而在此同时，人类历史不稍歇地一路除魅到十九世纪，就连我们头顶的云端之上、星辰之间也只剩一种无止无尽的沉睡般空无——天上地下，什么都没有了，以逃遁为基调的早期乌托邦版本无路可走，人们不可抑制的完美渴望，于是又得调回头来，重新注视这个一度绝望没救的当下现实世界，得竞逐这个仅有国度的所有权使用权，好打烂掉既有一切重建，在这里，乌托邦不可避免的必须和现实的掌权者冲撞，和革命接上轨。

尘世天国，成为乌托邦国唯一仅剩的可能。

更厉害的是，到得十九世纪，人类还宣称自己已发现了历史的整体规律，绝对是真的掌握住了人类过去、现在乃至于未来的不可逆转命运，这大致可以从理性主义时代开启，把黑格尔的历史哲学当一个清晰的起飞点，再由卡尔·马克思把它进一步“翻转”到更现实的经济概念世界来。这种事关人类整体命运的历史哲学，完完全全把整个世界给封闭起来，所有人都得被纳入、都囊括其中，不管你愿不愿意（他们的说法比较接近是“不管你觉不觉醒”），于是，完美的天国不仅就在当下现实的尘世打造，而且只容许一个，就这一个。

乌托邦史遂正式由小国林立的分封制进入一统天下的中央专制时代，原来乌托邦世界那种各自求生、每个版本自己找个小天地圈起来的有限封闭世界打开来了，那种信者得救、人不犯我我不犯人的和平愉悦气息也消失了，他们要活在当下做自己，势必就得和当下世界的所有权者摊牌；而当下世界只剩一种命运、一种完美、一个唯一的乌托邦天国，又让他们容不下彼此，得相互争战不休，就像中国人传说的养五毒一般，把毒蛇、蝎子、蜘蛛等全置放在同一个封闭容器里互咬互打，最壮最毒的才可能留下来。

于是，这种大型新乌托邦领先降临的欧陆，不得不从十九世纪进入全面革命的时代，再进一步跨入杀戮灭绝的时代，差不多要到八千万人一夕死去的二次世界大战结束才告一段落，整整两百年时间，数以亿计的生命。

至此，我们也不得不知道了，原来天国远比地狱可怕多了。地狱只处罚死去的人，而且只限于生前多行不义的死去之人；天国害死的却是活生生的人，而且不分好歹，不论圣贤愚庸。

二十世纪的负面乌托邦

于是，从二十世纪下半开始，乌托邦的形象再一次转变，成了一场梦魇，一个大号脏名词，一个末世毁灭的符号。版本非常多，我们最熟悉的便是其中赫胥黎的《美丽新世界》和奥威尔的《一九八四》。

赫胥黎和奥威尔的两大版本，有甚多饶富深义的偶合之处：他们都是饱经乌托邦教义争辩和实验的第一线欧洲人，书写于大致相同的年代，而他们的新乌托邦版本同样揭示了普世性大乌托邦建构完成之后对人类的可怖折磨。也就是说，他们关心的焦点，不放在心比天高的乌托邦究竟如何建构，可不可能实现的技术性问题，而直接把想象推到终点，告诉我们其可怖的后果，这是对乌托邦概念的彻底摧毁行动，一丝侥幸之心也不打算让我们存留。

更有趣的是，他们还有同样饶富深义的对比之处，好像事先约好了分进合击：《美丽新世界》和《一九八四》一左一右，一东一西，控诉的大致等同于彼时冷战年代分割我们整个世界两大阵营、两大意识形态、两大人类未来实验场的完美神话。也就是说，把《美丽新世界》和《一九八四》加在一起，正正好合成一部冷战年代的新启示录，完整世界的末日预言，人类苦心期盼并花大代价摸索了千千万万年仿佛找到通往完美世界的两条路径，至此全被打了大 ×，此路不通。

是的，天国不会降临尘世，完美只能是一种终极期盼，现实人生不可能存在，更负荷不起，《美丽新世界》和《一九八四》宣告了最终定谳的乌托邦除魅，但其实大致的理解，很多人老早老早就沮丧地知道了。

老早到什么时候？这么说好了，老早到人类的伊始，第一个乌托邦，也就是《圣经 · 创世记》的伊甸园。据说人类最早便是从乌托邦走出来的，人类的有意义历史开始于完美的破毁。

从逻辑来看，伊甸园概念是个有趣的悖论——一个完美且无所不能的神，创造了一个完美的世界，破坏完美的恶究竟从何而来？人的堕落从何而生？神为什么要安排那株结着分别善恶（没有恶何来分别？）的闯祸之树在其间？他有没有预见人终究会因此受诱犯罪？搞半天他究竟是主动地精心布置这出最原初犯罪的戏？还是被动地乐观其成再假意生气好把人给顺势逐出伊甸园？……这还可以一路列下去的一连串疑问，宗教者支支吾吾了几千年，从来就提不出个像回事的解释，而其中有个薄弱不堪但蛮有趣的说法大约是：这是神给予人的自由意志，由他自己来决定自己的命运，是继续生活于至福之中？抑或选择堕落之后辛苦流汗生老病死的永恒折磨？

这很容易让我们想到《美丽新世界》书中最著名也最惊心动魄的一段路，出自于那位搅乱乌托邦春水的野蛮人之口："我要求有权不幸……更遑论变老、变丑、变无能的权利；染梅毒、罹癌症的权利；食物匮乏的权利；长虱子的权利；随时担心明天的权利；感染伤寒的权利；被种种无以言喻的痛苦所折磨的权利。"

自由，在我们"正常"的理解之中并非长这种狞猛且悲愤的模样，大致上，自由并不与明确的是非对抗，正如它不与一加一等于二或地球绕着太阳旋转对抗一样，它是善恶不明、价值冲突的暧昧时刻支撑个人前行的火炬，但在至善的无边光明之中既无功能也不能有存在的必要——然而，这里自由的哭号，是自由的垂死挣扎，显示了自由意识到自己真正生死存亡的最后关头。

也写过一个乌托邦版本《华尔腾第二》（作者本人以为是正面的完美世界，因此我们会更觉不寒而栗）的行为心理学者史金纳，便在此书中通过其乌托邦创造者弗雷泽说了如此直截了当的话："我完全否定自由的存在。我非否定不可——否则我的计划就会全属荒诞。如果你所研究的东西随意乱跳，你就不可能得出关于它的科学。"

的确如此。因此，完美和自由永远是个不可能遁逃的二选一森严问题，任何可能彼此妥协乃至于不等程度的共容都只是假象，就跟伊甸园和亚当夏娃的自由意志必然扞格一样。

还有一些事情发生的坟场

但和伊甸园不共容的单只有自由一项吗？遗憾的是，大概不只这样——这里，不管纯属命名巧合或真是了不起的洞见，我们应当注意那株闯祸之树的正式学名，它叫分别善恶之树。

没有错，就跟自由主义大师以赛亚·伯林说的一样，所有有关道德、价值、信念的概念和用词都没容身之地，都得一并取消。当然，以赛亚·伯林指的原是宿命论的历史解释，而完美比任何宿命论更彻底，它还得进一步消灭时间，消灭一切变动，理由很简单，因为没有比完美更完美这种事，因此所有的变动都意味着完美的破毁，这就是"醉汉走路理论"的道理——所谓的"醉汉走路理论"，是假设一名步履踉跄的醉汉，走在一边是高墙、一边是水沟的窄窄人行道上，其可预见的结果是，这名醉汉在一定时间内必然以掉落水沟作为收场（如果他每一步的偏斜程度和行走速率固定，我们还能算出掉水沟的时间）。因为往高墙的偏斜被阻挡无法逾越，他于是只能往水沟方向走，在这里，完美正是这面挡路的墙，变动很快就会狼狈落进名为堕落的水沟里去。

在完美的大肆收拾之下，它所统治的世界所剩的东西于是很少很少了——我们来回想一下，号称永恒乐土的伊甸园究竟是何种景观？不就是两个赤身裸体的男女，在某个宛如六福村野生动物园的园子里无事可做地“活着”吗？他们甚至没性爱（如果我们参照一下《美丽新世界》书中赫胥黎对此事看法的话），天真未凿，意思接近两个会跳会跑的植物人。

这也正是人类学家玛格丽特·米德所问并试图回答的问题，为什么“所有有关天国的想象，不论是在此生的还是未来的都奇怪得索然无味”？为什么“天国和所有失色的乌托邦甚至像涅槃一样，是空白一片——或者是加了一点彩色粉笔，加了几件塑胶玩具”？答案就这么简单，完美是空前洁癖的动物，它只允许自己和完美的事物相处（谁能列举一下，可称之为完美的事物一共有哪些？）；而完美又是空前顽固的动物，它还阻绝所有的可能变动。总而言之，完美其实是一种完成，是一种结束，因此它只剩一个静止的画面，或说“一层”静止的画面，过程不存在了，所有只生存在过程中的事物也就一并不存在了。

因此，把完美说成就是毁灭的同义词可能太过分，尽管意义老实说相去不远，它在形象上比较像沉睡，如热力学第二法则所预想的终结世界那般，热量完全均匀分布，万物平等，不再有事发生的永恒沉睡状态：或更精准地，和社会学者达兰道夫说的：“乌托邦跟坟场的不同之处，是乌托邦中偶尔还有一些事情发生……在乌托邦社会中所发生的一切过程都遵循着反复的模式，是在整体的设计之内发生，同时也是整体设计的一部分……虽然这种社会的某些部分依照预定的、可计算的方式运行，乌托邦的整体却永远留在不动状态之中。”

这里，我们便不能不说，宗教者真的是比较理解乌托邦真正本质的人，天国的事他们想得比较久，也偷偷试过比较有经验（比方说圣奥古斯丁的《天主之城》一书就是这种企图），他们普遍的结论是，天国只能在末日才出现，只在尘世结束、时间中止那一刻才降临，而且降临那一刻样子非常恐怖，日月无光海水沸腾，就像《圣经》中最可怕的篇章《启示录》描绘的那副鬼样子。

屠宰场的羔羊

然而，距离篮球之神乔丹拿第一面奥运金牌的一九八四，时间忽焉已又过了整整十八年了，奥威尔恐吓我们的老大哥乌托邦不是没来吗？不只奥威尔的版本，赫胥黎的也没来，威尔斯的也没来，柏拉图的更没来，至于莫尔的乌托邦，我们老早就晓得地球上并没这么个小岛，孜孜勤勤地厉行他们素朴的共产制度不倦。那我们还怕什么呢？

其实该担心的本来就不是乌托邦整体实践完成、尘世天国建立之后的后果，一来那不可能，二来就算真有那么不幸的一天，一切也就来不及不用再担心了——二十世纪负面乌托邦揭示的是其结局，但要我们警觉的却是其建构过程，以及其“部分实践”即带给我们不堪负荷的代价。

其中最严重的，是我们快意奔赴乌托邦目标途中，对于人的必要改造问题。

人的必要改造是亘古以来乌托邦建构者的共同交集点之一。我们说完美和任何道德概念不相容，指的是人的道德自由、道德判断以及道德责任。我们应该说，乌托邦只剩一种道德，或说一个道德，那是一切道德信念和谐为一、已完成、已臻于完美的绝对道德命令，高高凌驾于所有个体之上，由它来决定个体，而不是由个体来发现它、主张它。

对乌托邦的完美建构而言，这是必要中的必要——这不仅来自诸如“完美的整体必由完美的部分所完美组成”的想当然耳逻辑推演而已，这同时是人类不能再丰硕的代代真实体验，或说不能再刻骨铭心的代代真实痛楚，难对付的通常不会是制度的设计，而是制度定础所在并赖以实践的人的问题，良法美意因为人的因素渗入而走样，制度因人的执行而崩毁，捣蛋的永远是人，最不稳定、最不好预测的也永远是人。因此，人的改造以期于相衬并相融于制度的完美，便成为一切乌托邦版本的成败关键了，差别在于耐心的程度和手段选择，是柔性的劝诱或森严的禁制而已。

但“完美的人”是什么意思？在这里，不是脱颖而出的个人成圣成贤，而是普同的、无一孑遗的完美，像《圣经》里不放走一只羊的寓言，像诗中所言的“六亿神州俱尧舜”，它的真正意义和唯一的可能，便是嵌合于乌托邦制度、安静顺服于乌托邦秩序如功能完美零件的人。所以《现代乌托邦》的作者威尔斯说：“在关于乌托邦的思考中，总是有个僵固和薄弱的结果，它们共同的特点是空洞，生活中的血性、温暖与事实，大部分都是缺乏的；在这种思考中，没有具有个性的个人，而只有一般化了的人民。”而J. L. 泰蒙的说法更白更彻底：“乌托邦主义假定个人有自我表现的自由，但同时又假定社会有绝对的一致性。这两种情况要想共存，只有一种可能，那就是所有的个人共同一致的同意。然而所有的个人是不可能共同一致的，因此，如果你想要求一致，最后诉诸独裁乃是不可避免的结论。个人必须被强迫同一，否则就用伪造的公民投票，不然就要把他当作非法之徒，或叛国者，或反革命颠覆分子或任何你愿意加上去的罪名来对待他。”

如果我们为威尔斯和泰蒙这两段话画上一道时间的纵轴，便大致得到乌托邦关于人的改造的历史——基督教的乌托邦版本把人称之为“羔羊”，这种洁白的、柔顺听话的人群，正是威尔斯口中的“一般化了的人民”；而当乌托邦的建构要赶进度了，来不及一个个慢慢驯服，那些始终野性不驯的，乃至于牧羊人怀疑有潜在野性的，有可能在他日成为“害群之羊”的（这是乌托邦建构最可怕的部分），便如泰蒙所说被赶入各式各样的合适屠宰场中。这通常不称为杀戮，而是必要的净化；甚至我们该说，要消灭的并不是生命本身，而是寄托在个体生命中某种病毒类的异物，只是很无奈两者分割不易一并料理而已。因此，这居然还是道德的。

没有修理工人在更换故障零件时需要心怀悲悯两眼垂泪的，世界上还有什么东西比坏掉的零件更没用的呢？而羔羊以屠宰场作为终点不也得其所哉吗？

便是在十九世纪、二十世纪之交，人们，尤其是负面乌托邦的作者，看见甚至经历了如此可怖的建构过程，遂据此揭示了最后的结果，宣告了乌托邦神话到此为止——对仍然得继续生活在苦难和挫折之中的我们，仍然忍不住怀有着完美渴望的我们而言，这当然是令人万分沮丧的。

但也许我们也因此换得必要的清醒、必要的脚踏实地也说不定，若然，那这一道漫长且伤痕累累的乌托邦之路就不算全输了——其实，乌托邦的问题哪有这么难懂，哪有这么难以拆穿的呢？就算就算终极性的完美真的如青鸟存在于彩虹彼端，我们又怎么可能这么简单这么方便就攫取到手呢？在我们有限的智慧和永恒的至福间，如此不成比例的落差，又岂是我们一厢情愿的期盼所可弭平的呢？个中之理，但凡各地方县市层级的社会局社工人员不在每年毕业生投入就业市场时都警告过我们吗？那种免学历、免经验、轻轻松松就能坐领百万年薪的奇怪工作，那种投入和所得如此不相称的诡异工作，从来都只是骗局、都只是害人的陷阱不是吗？

一百年后重读梅特林克的《青鸟》

某处，在彩虹的另一端，很高的地方，那里有一个国度，我曾经从童话故事里听说过。

某处，在彩虹的另一端，高高的蓝天，那里你敢做得出来的梦，每一个都真的会实现。

这是一部老电影《绿野仙踪》的老主题歌 *Somewhere Over the Rainbow*，我固定写东西的某一家咖啡馆每隔个半小时左右就会播放一次，半年来如一日（奇怪，每家咖啡馆好像只能有一片 CD，我曾经因此在另一家咖啡馆被迫听了某流行歌手的全部新歌，是一次很恐怖的人生经历）。《绿野仙踪》是另一个小女孩误入不思议之国的童话故事，和她一道找寻魔法师好完成心愿的，还有一只想勇敢起来的胆小狮子，一个想要有一颗心的锡人，一个想要有脑子变聪明的稻草人——

如果我们暂时放下书本和笔，耐心听完这首老歌，那我们会听到它的结尾正是："某处，在彩虹的另一端，青鸟翱翔，鸟儿都能够飞过彩虹彼端，为什么我就不可以呢？"

就是这只青鸟，诺贝尔奖诗人梅特林克所培育所基因改造出来的一只普世最著名最美好的鸟儿，正像歌词所说的，它是我们人生终极完满的，却不可能被我们真正抓住的幸福之象征。而在现实世界中，它又成为童话故事的永恒标志，哪里看见青鸟这个名字，哪里便有我们可带小孩前去的甜蜜可人童话故事。

当然，事情本来并没简明到这种地步，起码，原书写者梅特林克的心思和用意都没简明到这种地步。

明白而哀伤的故事

梅特林克一八六二年生，是比利时籍法兰德斯一地的人，不知道生长在这个既是欧陆著名自由之地，又是欧陆著名战场的法兰德斯低平田野，对他后来的诗人一生是否有某种铸成或启示意义。梅特林克在很年轻还不懂事的年纪曾经是一名一塌糊涂的破律师，还好他很快且很勇敢地转向写作之路，这个决定日后证明完全正确，而且再符合人类的整体利益及其正义不过——想想，可消灭一个以兴风作浪为职志的烂律师，并因此换得一名美丽的吟唱诗人，天底下这样两倍划算的事真的并不常有。

从往后梅特林克的实际书写成果来看，他的确把自己律师的记忆、律师的相关所学抛得完全不留痕迹——梅特林克不仅是个诗人，还是个极度诗意的诗人。他的作品以诗剧为主，却有着极浓密的神秘主义倾向，剧中的角色和事物通常是象征的，情节是想象的，殊少现实的具体意义和具体关怀，梅特林克甚至不处理比方说人的青春流逝或爱情这一类的诗作永恒主题。基本上，他好像只关心一件事，或者说他的创作“思索单位”只有一个，那就是生命本体本身，把它置放在广漠的、深奥的、寂静的命运星空之中，看着它旋转，看着它变化流动，如同我们看蓝澄澄的地球悬浮在幽暗太空中又熟悉又陌生、又切身又疏离的画面。

因此，梅特林克笔下世界的光度总是暗的、夜间的，他的声腔总是忧郁的、像鬃着一层月光似的，偶尔还会有些吓人——比方说他较年轻岁月（一八九〇年）写成的短剧《侵入者》便是这样。《侵入者》全剧只一幕寻常人家母亲重病垂危的戏，在亲人围拥等医生来的时刻，花园中仿佛响起了似真似幻的，由远及近的脚步声，跟着天起凉风，夜莺噤声不唱歌，池塘里的鱼被惊吓出水面，天鹅也游了开去，甚至还传来好像有人磨镰刀的声音，焦急但无心理会的家人中，便只有瞎眼的老外公坚决相信，是有一个陌生人进到屋子里来了。午夜十二点钟响，座中有人起身离去，也就在这一刻，母亲断气死了。又比方说同样完成于一八九〇年的另一姊妹短剧《盲人》亦然。《盲人》写一名年迈的祭司带领着十二个盲人走回庇护所去，路经一片树林时，老祭司不支死去，留下这十二个盲人困在这树林子里不知道怎么办才好。

对一般的读者而言，梅特林克的诗剧有个“好处”，那就是易读。他的神秘从不晦涩，象征总是又清楚又工整，这就是死亡，这就是命运，这就是人的亘古处境云云。梅特林克不是生命中夜之王国的单人探险家，不顾一切地只身深入，只留给我们难解的脚印和宛如偈语的断篇残章破碎文字；说起来，梅特林克毋宁更像个神秘旅行团的尽职向导，他总是尽力将这些其实颇难言喻的东西讲得明明白白，你若不满意于此，想对这个国度感受更多理解更多或甚至耽溺其中，那你就得选择脱团前往自己走。

这样又明白又朦胧的书写特质，在《青鸟》这部大型诗剧几近达到顶点。《青鸟》写成于一九〇九年梅特林克四十七岁的最成熟年纪，全剧分六幕十二景，完全不见彼时欧陆如火如荼上百年不熄的烽烟，纯纯粹粹是个神仙幻想故事——故事大致是，在圣诞夜前夕，穷樵夫家一对兄妹悌尔提儿和提蜜儿的不寐房里，忽然来了个神仙贝俐伦，要他们小兄妹两人帮她找到一只纯青色的鸟儿，贝俐伦神仙给了他们一顶镶大钻石的神奇小绿帽子，只要转动钻石便能看到凡人肉眼不可见（古希腊哲人柏拉图例外，之前大概只他一人看得见）的万事万物“内在”。还不只这样，这些因此变得可见的事物灵魂也同时被“释放”出来了，成为可对话、有行为能力的拟人化生命（至于意志和思考能力是本来就存在的，只是被禁锢着，我们人无从察觉罢了）。于是，悌尔提儿和提蜜儿当下便释放出面包的灵魂、糖的灵魂、火和水这一对不相容冤家的灵魂，以及最美丽、最重要也最富隐喻意义的，光的灵魂。

整部《青鸟》便是这一趟梦的赏鸟捕鸟之旅，由一对天真的小儿小女，带领心思各异的一干家庭什货和宠物，真的是上穷碧落下黄泉，包括过去时光的“记忆之乡”，人类除魅未尽尚存些许神秘可怖事物的“夜之宫”，动物植物的仅存王国“森林”，宛如奥德赛故事的享乐魅惑所在“幸福之宫”，死者静静沉睡只有小野花生长的“墓地”，还去了犹孕育于时间襁褓中升帆待发的“未来之国”。他们顺利抓了一堆青鸟，为数大概不下于候鸟季节悲伤阵亡于屏东恒春一带“鸟仔踏”一天的总量，但这些可到手的青鸟不是一夕变黑，便是宛如花落地纷纷死去，他们怎么也逮不到据说只有一只、能够在我们生活着的日光底下存活的纯青之鸟。

《青鸟》没 Happy Ending，甚至也不是一对小儿小女的历险成长仪式故事，戏的结尾是提蜜儿的放声大哭，年纪稍长的悌尔提儿鼓起余勇，走到舞台前对作为观众的我们说：“如果你们有人找到青鸟，请你们好心送还给我们好吗？……我们需要它带给我们幸福，在往后的日子里……”

“我们便都完了”的终极幸福

《青鸟》的故事框架十分甜蜜，由小男孩小女孩领衔，有神仙，有宝物，有探险，还有会说话的鸟兽什物云云，但内容却有多处大概并不好划归普遍级之处，其中还有一场精心筹划的谋杀案。呃，谋杀未遂案，由奸巧的猫提莱帝主导，对象正是它的两名小主人，谋杀的执行现场就在第三幕第二景的“森林里”。

提莱帝猫的叛变和冷血谋杀理由很明白且堪称堂皇——只因为贝俐伦神仙居然笨得一开始就对所有被释放的灵魂开诚布公：“所有陪着这两个孩子的，到旅行终了时都会死去。”所以提莱帝处心积虑要破坏这趟捕鸟之旅，甚至谋杀，这大概只能算自卫杀人吧。

对这个死亡的提前揭示，当然引起恐慌，其中猫和狗反应恰在两极，狗是视死如归的忠仆，只要能陪着小主人，和他们说话就此生足矣；猫则是救死不暇的自主灵魂，用尽一切手段想存活下去。

不从童话的观点、不顾虑父母亲讲青鸟故事该如何解释给自家小孩听的麻烦来看，森林那一场谋杀戏实在是《青鸟》一剧中最活神活现的部分。提莱帝猫不费什么口舌，只简单举出事实就说动了森林里所有饱受人类迫害杀戮的动植物，这些可怜且愤怒的灵魂，决定对两个人类小孩来一场纽伦堡大审，并有罪定谳处以极刑。

其中，橡树是“你父亲曾经给我们造成很大的伤害。单是我们这一家子，你父亲就杀害了我六百个儿子，四百七十五个叔婶，一千二百个表兄弟姊妹，三百八十个媳妇，还有一万两千个孩子”；羊是“你们只不过是吃了我的弟弟，两个姊妹，三个叔舅，还有婶婶、祖父、祖母……等等”；甚至就连忠心奋战救主的狗也一样有类似的创痛纪录，这是通过狼嘴里讲出来的：“逗孩子的父亲淹死了你七只小狗！”

这里，梅特林克有批判或人类负咎反省的意思吗？应该没有。从戏剧书写的技术性观点来看，森林里动植物的集体叛变，只是探险故事中必要安排的典型危难、考验，一场制造高潮的惊悚意外；而就梅特林克本人的思维观点来看，诸如此类我们今天多少会谦卑视之为人类恶行的残酷之事，他也都看到了，但并不以为意，甚至还视之为这是人类生存且通往永恒幸福之路必要之事，在《青鸟》剧中，借由不同角色之口反复讲的一段话，便是青鸟不能落入人类手中，否则人类便掌握了所有的秘密，人类便宰制了一切，除了人类自身，“我们便都完了”——青鸟代表的甜美幸福，其实隐伏了对抗、牺牲和权力，但无损于它的甜美幸福。或者我们该说，很多残酷不仁之事，人一向是有办法把它们说得甜美幸福的。

我们若依人类思维的系谱学来看，梅特林克基本上可算是柏拉图一派的乌托邦主义者，有着宗教性的、神秘主义的集权味道，这种集权倾向不是旗帜鲜明的正面主张，而是某种“副产品”，是人对单一的、终极的至善至福一种过度追索、过度眷恋所不得不召唤出来的。我们知道，梅特林克本人同时是个业余但专注的昆虫研究者，他观察蜜蜂、白蚁和蚂蚁，若有所思所得，且都写成书，其中他最推崇的是蜜蜂的“社会”。梅特林克以为，蜜蜂的活动并非偶发或紊乱无组织的，而是由一种不可见的更高智慧力量所掌控，梅特林克称此为“蜂巢的灵魂”，由蜂后的意识体现出来，梅特林克大剌剌写道：“蜂的本性是群众生命体。在蜂群中，个体是不重要的，个体的生命只是对永恒的群体的一点贡献而已。”“蜂群社会几近是完美的，却也是残酷无情的。个体完全牺牲奉献，而群体则奉献给抽象的永恒未来。”

梅特林克甚至还下这样的结论：“假如外星球的智者询问什么是地球上生命哲理的最佳典范，那当然就是蜂巢无疑。”——从人类的斑斑历史经验来验证，这当然是相当可怕的一种主张（三十年前台湾的统治者也动辄要我们学习蜜蜂、当蜜蜂），然而主张无罪，而且更好的是，整整活了八十七年之久的梅特林克始终是冥想式的诗人，并没要回身在他弃绝的现实世界认真实践他的主张，否则遭到浩劫的就不仅仅是橡树、羊和七只初生的小狗而已了。

奴隶的狗和自由的猫

这里没自由意志容身之地，没个别生命的独特价值容身之地，也因此，充满自主精神的猫提莱帝只能是歹角，是破坏者，负责阻碍这趟至福之旅。

然而我们得说，事隔一个世纪，我们比较有意见的部分在于梅特林克的诠释，而不在于他的“客观”描述——尽管不免配合剧情小小夸张，但基本上，猫狗的行为以及和人的关系还大致就是《青鸟》剧中这副德性。

狗大概被驯服的时间太久了，动物学者推测甚至可远溯至旧石器时代，从最早盘桓在人类狩猎采集营地周围好捡食骨头剩肉，到和人类共生担当自然而然的警戒工作，再进一步驯养为狩猎生产工具，乃至于成为无事可做的宠物，在数十万年的悠悠岁月之中，狗的确已然高度工具化了。它的生存方式相当完美地嵌合于人的生活需求之中，人类觉得“有用”的部分高度发展，人类认为无用乃至危险的部分消灭殆尽。因此，狗的行为模式变得极其醒目也极其简单，用我们人的语言来说，便是忠心、安全、有用，是接近完美的奴隶美德。

至于猫，真正和人类居住同一屋檐下的时间才不过几千年而已——这里我们不说驯养，因为这样的说法自大、不宜当而且有点侮辱了猫。动物行为学者基本上相信，猫从未真正符合驯养的意义，人们把它引进家中并供以基本温饱，好对付横行家中的鼠辈，我们应该想成是雇用佣兵比较接近事实真相。

一直到今天，除了少数被改造繁殖成家中宠物的笨贵族猫之外，我们仍普遍相信猫充满“野性”，会打破玻璃杯和陶瓷碗盘，会偷桌上的鱼，会抓破纱门纱窗和人的皮肤，会夜不归营四处游走探险甚至轮流住好几个不同人家云云。我们以人为本的所谓“野性”，其实便是它生而为猫独立自主的、必要的且不符合我们工具性需要的掠食生存技艺和本性，不管眼下现实派不派得上用场。这个“记忆”仍深植不去，它也仍然时时勤砥砺地练习，并局部地、替代性地实践，就像已故名星象学家古德曼女士的殷殷叮嘱，劝诫那些被一时甜蜜爱情冲昏头的不知事态严重笨男性，得对看来温驯打呼噜的狮子座老婆或女友保持戒慎恐惧之心："你的小猫虽然暂时把爪子收好不用，但她还是时时磨利着它们。"

也因此猫的行为极其复杂、精致、神秘而且华丽，是的，我说的是华丽（大体上，你可以用猫来当面形容自家老婆和女友没问题，但千万千万不要用狗来比拟她们，这是我最诚心的劝诫），只要你的 ego 小一些，不时刻以高高在上、万物之灵的虚伪身份自居（所有诚实的生物学者都会劝你别没事这样）。你真的会目不转睛地欣赏猫的一举一动赞叹不已，尽管这会儿它并不置身丛林野地而是你家客厅卧室，即使它拼搏的只是个塑胶袋、毛线球或新置放的纸箱子，这真是一个自由、优雅且奔放的生命。

在台湾人气排名第一的动物行为学家洛伦兹博士便是个能充分欣赏猫的自由之美的内行人。他曾经这么感慨过："想想看这么一个了不起的猎人，肯赏光你的膝盖安心入睡，你应该觉得非常非常光荣。"

和狗相处，你或许会有某种君临天下的过瘾；但要欣赏猫，你至少得是个谦逊的人平等的人，最好是你还拥有自由的信念，相信每一个生命都有它自身的尊严和价值，但后头这部分，大概就不是梅特林克所能做到的了。

由自己母亲说的童话故事

然而，不管梅特林克想讲多少人生终极幸福的哲理，《青鸟》剧中有多少处今天我们认为儿童不宜的成分，更不管它根本就不提供一个 And They Lived Happily Ever After 的开开心心笨结局，《青鸟》的确已变成再纯粹不过的童话故事了，就跟同是诺贝尔奖得主吉卜林所写的 *The Jungle Book* 一样，这部原为揭示丛林杀戮斗争真相，深藏帝国主义扩张之心的名著，亦早已通过某种净化和简化而成为童话，因此它的译名只好不叫“丛林之书”，而是我们今天熟悉的所谓《丛林王子》。

从一般性的正常文本蜕变而成童话，其实是有理由也有选择的，其间牵涉到我们对儿童的理解和想象，也和原文本的内容特质有关——对《青鸟》而言（《丛林王子》亦然），那就是它的基本故事框架，以及它的角色和内容元素，有神仙、有待寻的宝物、有幻化为人的植物动物化学物，还有一个个冒出来的幻想国度。这构成了一个好吃蛋糕的外形，也提供了诱惑儿童的基本甜味，剩下来就简单了，我们只需要把内容稍稍调整一下，弄得膨松好入口就大功告成了。

如此“文本选择/童话蜕变”的过程原本是非常素朴自然的，每一时每一地乃至于每一个家庭各自分别发生——由谁来选择并负责净化简化呢？就由负责讲故事给小孩听的那个人，这里，我们权且称之为母亲，一方面，是因为母亲通常是和小儿相处时间最长、最常哄小儿入睡因而真的得讲故事的人；另一方面，童话的必要净化简化过程，其形态极类似母亲喂养小儿的食物准备，软一点、小块一点，味道温和一点，每一个妈妈很自然会依据自己小孩咽食能力的不同及其变化而做出调整。

当然，细心些、富裕些、悠闲些的母亲，偶尔也会专门为小孩准备一两样特定的食物，但基本上，小孩的食物是取自、分离自家中其他所有成员共用的食物，两者并非隔绝；童话本来的产生方式也如此，它同样取自、分离自大人世界共有的故事，历史、神话、传说、鬼故事、小说，等等，可能也挟带了街坊邻居谁家发生的趣事怪事。

这样素朴无杂的童话，我个人以为最有意思的地方是，它基本上联系于人类完整的“故事之海”，它是人类故事世界的一部分、一个阶段，甚至是一个预备，为儿童长大后的完整阅读铺路，提高日后阅读实践的概率——这里，我们可不可以这么说，儿童只是小一号的、指日可待的、没我们知道那么多人间险恶、因此也没我们强壮耐操的“具体而微”的人，他们并非真的是另一种不同的生物；而人的成长，即使我们方便且并非全无意义的尝试分为诸如婴儿期、儿童期、青春期云云。但人的生命过程基本上仍是绵延的、连续的，并不像蜻蜓蝴蝶那般经历着截然两回事的“变态”阶段，不同的长相，不同的生存地点和摄食方式，不同的食物和天敌，儿童的阅读真的需要“变态”成截然不同的另一种书另一种故事吗？需要和日后“正常”的阅读这样划清界限大家井水不犯河水吗？

这种宛如遍地花开、各人造业各人当的童话说故事方式，于是必然带着风险，风险简单讲便来自“天下的妈妈很遗憾并非都是一样的”，心性不同、知识准备不同、口味爱憎不同、对孩子的理解和想象力也大大不同，因此，难保会动不动跑出一些太刺激、太限制级的东西来。

像哥伦比亚籍的小说家加西亚·马尔克斯便是浸泡在这样野味十足的限制级童话故事中长大的。负责担任他“说故事母亲”的，是他打内战的上校外公和迷信至极的外婆，外公跟他讲内战的真实故事。当然不乏各式的不义、挫败、背叛以及杀戮死亡，外婆则是讲一个比一个可怕的鬼故事，为的是把小加西亚·马尔克斯吓唬住，让他不敢四处乱跑。

但没有因为危险的限制，便是自由；自由，意味着丰富、精致、充满想象力，那会儿的童话世界于是远比今天的要大得多的。

寻回一个有梦的童年

但这个也危险也自由的童话世界，正像《青鸟》第三幕的夜间世界夜之宫一样，不断被侵削被压缩被曝晒在光之中，“我的‘精灵’都吓得不敢出去，‘鬼怪’也逃走了，还有大部分的‘疾病’也都病倒了……”

的确，如今我们有一个空前健康的神经质童话世界，不再放由各家母亲切割、剁碎、咀嚼（多不卫生！）食物给自己小孩，取而代之的是“比你更了解你的孩子”的专业童话营养师，由他们统一制造罐头式的卫生无菌童话，喂养普世的小孩。

我认得的一位如此的专业童话人，曾带着一丝讶异但也不无欣羡地跟我讲起《雪人》这个童话故事的哀伤结尾（一夜美好的旅程结束，小男孩第二天清晨发现雪人已经融化）：“这是童话故事中第一次处理幻灭。”——也许，讲这话同时，他脑中想的是电影版的新《小美人鱼》故事，全世界最大的童话罐头商迪士尼公司，让原本化为泡沫的小美人鱼公王顺利嫁给了王子，还杀掉帮助她长出双脚的野心坏巫婆（原来只是银货两讫的交易，并没包藏祸心）。

但这怎么可能是真的呢？这怎么是童话的首次幻灭呢？像我们那时候小学国文课本曾引用过的《快乐王子》故事，快乐王子这具善良的雕像，把宝石镶成的双眼送给冬夜的穷人家，自己最终成了残破的雕像而被拆除丢弃，而帮助他行善的小燕子也因此耽搁了南飞的行程冻死在雪中不是吗？还有《卖火柴的少女》也类似情节同样结局死去不是吗？而真正的《小美人鱼》化为泡沫，我们手上这部《青鸟》终究失落不是吗？

这样不完满的童话故事，也许会让听故事的昔日我们大哭一场，会不甘心追问说故事的大人为什么而令人不知从何回答，会消化不掉般的驻留在我们年幼的心中脑中不去。但老实说，我们因此早早就对人生幻灭而成为虚无主义者，或因此绝望自杀，或经此童年挫败而成为行恶的坏人，或如弗洛伊德“童年创伤论”那样潜伏二三十年长大后神经病发作出来，这样的概率非常非常低，低到可以不必理它，真的。

安全是好的，该留意的，但在童话世界里（其实在其他领域亦然），安全绝不是最高判准、绝不是唯一的判准，更不是可以无止无休追求的排他性目标：而且，安全的追求是有代偿的，一样受限于必然的边际效益递减法则，一旦对安全的霸道要求超过了界限（不再和其他平行存在的价值的勇气、活力、真相理解、对他者的同情、想象力等等相互商量共容），安全便成为唯我的吞噬性怪物了，那样一种世界，和贪生怕死的纯粹自私世界最终并没两样。

我个人相信，儿童没这么脆弱不堪，他们是还小，不必故意用我们真实人生的全部真相去吓他们，吓死两千个小孩以换得一个如加西亚·马尔克斯这样奇特的小说家并不是我们该做的事，但儿童的心灵仍有一定程度的承受力和包容力，容得下一点眼泪、一点委屈和哀伤、一点疑惑和惧怕，也容得下不随自己意志的他者存在。有些事当下不全然圆满，找不到妥善的解释，给不出完结性的答案是没有关系的，就让这些东西留着，恰恰是因为它不圆满、悬空着等待解释，它才让人挂念着、徘徊着，成为最记忆良深的事，你可以视之为大脑和心灵的健康体操、人生想象力最自由的练习，跟你在蚌壳的柔软身体中放进一粒磨人的砂子一样，那是生命中美丽珍珠的生长过程。

最近又有一份新的儿童医学健康报告提出来，其实只是老观念新事例而已，它说，在儿童成长时日，如果家中养有一两只小猫小狗，也就是说存在着适度的尘螨和细菌，反而能降低儿童气喘过敏的发生概率——之所以讲老观念，是因为我们早已知道，一种纯粹无菌的世界绝不是生命能健康生存成长的好环境（那是不得已提供给丧失免疫机能的病重垂危之人的）。所有脑筋清楚的诚实生物学者、医学者都会也一再告诉我们，我们人的生命是有机地浸泡在广大、复杂、美丽、神奇联系的生命大海洋之中，那些无数的、肉眼看不见的微小生命，包括包围在我们周遭的，以及安静居住在我们身体内部的，绝大多数的它们在绝大多数的时候不仅不伤害我们，反而是我们生命存续的必要伙伴。当然啦，你一定要把某一只小尘螨放大千倍万倍，如电视广告上做的那样，那它当然看起来就像一只可怕、会一口把人吃掉的外星怪物了，会这么吓唬人的，是商人，是推销员，他们不会真的在意你真正的需要，他只是要卖你东西赚你钱而已。

因此，安心为你的孩子养只叫提洛的忠心小狗或叫提莱帝的自由小猫，也放心讲没 Happy Ending 的《青鸟》故事给他们听，很可能他们会在某一个梦中也见到贝俐伦神仙造访，给他们一顶有神奇钻石的小绿帽子，让他们戴着进入属于他们自己的不思议之国，万一青鸟飞走，他们号啕哭醒，轻轻地拍拍他们也就行了，翻个身他们又会马上甜蜜睡着了——

这总比给他们一个无梦的童年强，总比让他们坐冷气电脑房里每天按鼠标杀千人万人全不受伤要强，而且很神奇的，他日你还会发现，原来这样更健康也更安全。